從麻將桌到柏克萊

中 發 □

Berkeley

王莉民 · 劉無雙

著

出場序

媽媽
只有打麻將又專心、又能堅持到底,所以打麻將是最好的胎教

老劉
小聲說重話,態度堅定而溫和

雙雙
媽媽的死忠派,護家護得不得了

無華
表面看起來酷酷的,又大膽,但內心有著強烈的感情

外公
王家最具威嚴的大家長

大阿姨
雖然孀居十幾年,仍是一個不折不扣的俏佳人

小阿姨
在二十一世紀的美國過著十九世紀中國式的生活

序

王莉民卷

劉無雙卷

（序一）
生活中的奇蹟自己給 　鄭羽書

　　哈！看到雙雙寫她到柏克萊大學的第一件事是買一件 Berkeley's mom 的 T 恤給媽媽，我笑了！因為我有一件 USC mom 的 T 恤，是我的女兒進美國南加大時送給我的，當時我隨口問買這幹嘛！女兒搭搭我的肩：「別人會很羨慕妳，會以妳為傲，會知道妳很辛苦。」這句話我日後慢慢體會，USC 是好學校，孩子能就讀當然羨慕我，有這麼優秀的孩子當然以我為傲，一年六萬美金的費用當然知道我很辛苦，而雙雙買這 T 恤的意義，一定跟女兒的想法一樣。

6

　　雙雙是了不起的孩子，在赴美極短的三年多時間，卻經歷了人生最重要的求學階段中菁華的過程。我感受她的成熟、體貼，卻不自卑，進而選擇正面、陽光、熱誠看待生命的成長，著實不易。外公愛她，大阿姨、小阿姨當她是寶，但在幼小心靈的深處還是寄人籬下的感覺，就像我四個月大被送到姑媽家，一路的成長中，姑

父、姑媽待我勝於親生，但在大人的衝突糾葛裡，也常
在稚嫩內心的深處體會寄人籬下的孤寂與不安；而這樣
的不安雙雙都輕描淡寫地以成熟的態度面對，真好，這
是多麼不容易！尤其外公在她面前對自己至愛的爸爸毫
不留情的奚落，對她來說真是情何以堪？就像我的親人
看不起我一事無成的養父，可他是我心中的英雄那種刺
痛……

認識莉民，她剛結婚不久，從一頭長髮中感受她的
懶散，年輕卻滿口牌經，見面總在吃喝玩樂之中，思考
的背面是她一定有個了不起的先生，竟能如此包容；這
我在人生的旅途中後來才漸漸體會包容其實是雙向的。

莉民的優點是大而化之的個性，但只要她決定投入
的事卻也執著不放，這就是她能寫十多本養生食療、
《喝自己釀的酒》等多方面的書，還包括那廣告俗俗的漢
方「大乃寶」。她的人很單純，就像文中她對自己的戲
謔，但還有一面是女兒對她的敬愛，表示在生活中她還
是很盡責地以潛移默化的方式教育孩子的好媽媽。

7

莉民口中的老劉是平凡但了不起的男人，他是難得

的好丈夫、好爸爸，因為有他，莉民才能安心地做自己想做的事。這家庭中還有一位很重要的主角——無華，內心裡，她渴望愛與了解，在未來，我相信她定會有不凡的成就，未必是優越的學業，而是她體會生命中的某些「必然」，有些可能是傷痕，而多數對她來說卻能成為生命的動力——無華加油！

這本書是一個家庭平凡生活中的分享，看似瑣碎，卻蘊含大智慧。祝福這家庭中的每一位成員皆能尋找到生命的真義，也祈願每一位讀者能藉此了解——生活其實沒那麼複雜，不必想太多！

（本文作者為小說家、中廣節目主持人）

9

（序二）

臥虎藏龍的神仙家庭　李大華

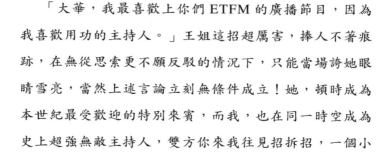

「大華，我最喜歡上你們 ETFM 的廣播節目，因為我喜歡用功的主持人。」王姐這招超厲害，捧人不著痕跡，在無從思索更不願反駁的情況下，只能當場誇她眼睛雪亮，當然上述言論立刻無條件成立！她，頓時成為本世紀最受歡迎的特別來賓，而我，也在同一時空成為史上超強無敵主持人，雙方你來我往見招拆招，一個小時精采對談又輕鬆完成。

10　　認識王姐是因為請她上 ETFM 節目當來賓，結果她表現太好，我不得不要求她每週選定一天準時出現。

王姐是我認識的一位奇女子，個性直爽、反應敏捷、待人真誠、博學強記、熱心助人不藏私。在現代社會這種內外兼修表裡如一，還懷抱著俠女性格的人可真是少見，她對易經、中醫、釀酒和烹飪的研究更令我印

象深刻。就像是金庸筆下的黃蓉躍卷而出（據側面觀察老劉某方面極具郭靖之大俠風範），直到我見到無華和書稿才恍然大悟，原來她們來自神仙家庭……！

就如無華所說，這是一個臥虎藏龍的家族，我管他們叫「神仙家庭」，尤其女主角很會變戲法，就連嬰兒食品也能也模有樣地 DIY。天才老媽加上能屈能伸的老爸以及兩個資優女兒，IQ 太高 EQ 就要接受檢驗，雖然每件事都驚險萬分，但還好都能化險為夷，追根究柢半仙老媽功不可沒……。

本書不但好看，而且好用。由於作者文筆親切流暢，寫起家務事完全沒把你當外人，讓讀者不知不覺自動對號入座，隨著書中高潮迭起的故事情節，在心情起伏之間，特別是看完「過來人語」後，驚喜發現自己在現實生活中的難題已找到了答案。

11

這本書裡角色繁多，主角班底有四位，個性鮮明，演技精湛。

男主角——老劉，飾演一位負責的企業家，運籌帷

幄深謀遠慮，就算遭逢危機亦咬牙度過，自視甚高，遇事喜怒無形於色，具冷面笑匠功力。

第一女配角──無雙，是一位儒家，溫文儒雅品學兼優，體貼，善解人意，濟弱扶傾，行事重分寸，但遇非常情況會挺身而出仗義執言。

第二女配角──無華，是一位古靈精怪的科學家，實事求是，無所不學，學無不精，注重身體力行眼見為憑，心思細密，凡事感興趣，反應快，悟性高，許願與女主角世代互為母女。

女主角──王莉民，她是一位雜家，涉獵廣泛無書不讀，個性執著眼界寬廣，允文允武，行事思維常出人意表，集思想家、行動家、發明家、宗教家特質於一身，經常變魔術，是神仙家庭中的靈魂人物。

你聽過母親教剛上大學的女兒找個好男人上床嗎？超過二十年的夫妻生活怎麼經營？祖孫三代加阿姨怎麼相處？孩子青春叛逆期爸媽怎麼辦？送小孩到美國念書的注意事項？舉凡各種夫妻、親子、祖孫間的疑難雜

症，答案都在這裡。王姐透過自己的實戰經驗，讓你面對問題兵不血刃，就能迎刃而解，不但有名詞解釋還有教戰守則。

最簡單的事有時候是最難的！人當了一輩子自己，不見得做好自己。如何做好自己是一門大學問！王姐全家在書中透過與家人日常互動的故事（有時是事故），和不斷地反省、角色互換將心比心的問題解決方式，讓人了解胸襟寬大拉高格局的重要。

人生在世最怕三件事：「為時已晚，（好）事過境遷，時不我予」，這三件事都在訴說光陰可貴，唯有積極態度可以反敗為勝。面對人生，王姐是一位瀟灑的勇者，從這本書裡我學到：

13

在人生的舞台上，如果輸了，不要抱憾太久，與其浪費時間在悔恨中，不如展望未來，人生的路很長，要做的事還多著呢！

（本文作者為東森新聞主播、ETFM 電台主持人）

（序三）

武林世家

劉天然

　　真快，一晃眼與莉民牽手二十一年了（三個七年！）。

　　回首來時路，也無風雨也無晴？不，我們還不夠老，沒達到那種境界，我們是晴，時多雲，偶陣雨，還常常颳颱風。回憶起來，真是難為了孩子們，無雙、無華如今都這麼好，也多虧上蒼保佑，因為她們的成長，不無驚險哪！也許父母激烈爭吵對孩子們也有一點好處，她們會想：老爸老媽好像不太可靠，還是靠自己罷！所以會比較用功讀書。

14

　　莉民是個廣博有趣的人，我從她身上學到很多。記憶最清楚的是，打電動、看武俠小說和跳探戈；我一直反對打電動，因為那是精神空虛、人生沒有目標的表徵，莉民婚後就不再打了，可能我和孩子們成了她的人

生目標；舞呢，愈跳愈少，結婚十周年那次之後，就再沒跳了，因為同學的爸爸說跟老婆跳舞，好像用籌碼打麻將，不刺激！而我們漸有同感。

看武俠小說倒是很不錯，可以認識中國的山川之美、江湖之奇、動植物之繁多，無論豪門大宴或山林小吃的菜色、材料及作法的描述，很值得參考；俠客們萬里奔波，一陣打殺之後，如何療傷、排毒、治病、養生，緊張又有趣，可以悟到一些生理、病理、醫理，認識一些藥草、礦石，像是牛黃、馬寶、香精油等等；而貫穿每一個武俠故事（或野史）的人情義理，如果能認真體會，切實運用，做人、做事、做生意都會很成功，像「紅頂商人」胡雪巖一樣。所以莉民婚後仍然看了約莫十年。我也看了一些，大多以武俠片代替，像《連城訣》、《秋決》、《龍門客棧》都讓我們熱淚盈眶，因為俠士有淚不輕彈。

最近七、八年，莉民對釀酒、養生、食療興趣濃厚，非常用功，看了很多中國醫藥方面的書，做了很多實驗（有時候，我是白老鼠），交了很多道友同好，也寫了十來本有關的書，我認為是啟蒙於青少年時期，當時

她勤練武功，培育了興趣，打好了底子。

　　我們教育雙雙、華華，基本上是在培育兩位俠士。個性要平和堅強，不畏任何勢力，所以她們會問老師任何問題，無華還曾經因為老師不公平，講錯了不肯承認，在課堂上瞪老師（只做對了一半，堅強卻不平和，所以我們告訴她，人人要面子，老師也要面子，下次別瞪老師了）。我們也教她們不拘小節，例如家人有重要聚會，或校外有更好的課程，如農村自然科學研習營……時，就請假不去上學（起先雙雙還不願意，無華倒是很高興）。至於功課嘛，原理一定要搞清楚，習題不必做太多，所以有時候我們就少做一些混過去；有時候老師太嚴不好混，我們就大家一起做，媽媽還要把字寫爛一點，模仿雙雙或華華的筆跡。

16

　　另外一個重要原則，就是絕不破壞她們學習的興趣，跳舞、下棋、書法、繪畫、游泳、樂器、唱歌、速讀，都要讓她們接觸，卻從不勉強，這樣基礎廣大，能觸類旁通，而且在她們很小的時候，就告訴她們有些知識是要用來上班賺錢的，有些知識「還不知道有什麼用」！學習只是為了好玩有趣，知識雖然嚴肅，絕不沉

重，絕不痛苦。

柏克萊註冊開學那天，我們一家四口，站在一大片如茵綠草上，同聽校長白鐸先生演講，當他說到「這裡聚集了世界頂尖的教授們和全美最優秀的同學們，競爭難免激烈，但我知道，你們會成功，你們是這塊料……（有的地方聽不懂）」的時候，我高興極了，不只是高興雙雙在人生求知的馬拉松上，領先了這頭一小段；更高興的是，這位教育家懂得愛，懂得鼓勵，能在這求學，是雙雙的幸運，也是她未來成就的另一份重要助力。而我們跟其他爸媽一樣，做這做那，有成功也有疏忽，但最重要的應該還是充沛的愛和鼓勵吧！

感謝上蒼，感謝莉民這位好媽媽，也祝願無雙、無華及所有的孩子們的成長之路，更加寬闊無限。

17

（序四）

愛與被愛的能力

劉無華

　　回台灣這三個禮拜所經歷的，光是俗人返鄉之旅必有的「百感交集，感觸良多」還不見得 cover 的了。我又是吃又是喝，一口氣胖了三、四公斤，和媽大吵至少三次，中、英文的書讀了至少十本。最令我驕傲的是，我還有了一個真正的老闆——雖然並沒有拿到真正的薪資，因為只上了一天班就請辭了，可是我還是很引以為傲。因為這一天，我不僅僅是個大人，我是個遵守遊戲規則的大人。我不但洋洋灑灑地寫了一大篇的請辭信，我的前老闆還說寫得很窩心。

18

　　可想而知的，在這些瘋瘋癲癲的一直吃、一直買和小風小浪退燒後……剩下的只有一點點的驚喜，「打包日子」前幾天，我的老闆打了通電話跟我媽說，在她出版社改譯稿的某報副刊資深編輯，說我的譯稿是她看過文章裡文筆數一數二的。這當然是令人受寵若驚的，可

是當天的我在近乎平淡地倒抽一口氣之後，便再沒有不可思議地思議著。因為那天，風雨還不小，這本書的編輯帶來的手稿卻是我這個假期以來受到最大的打擊和鼓勵。從〈武林世家〉開始，這一切都是我一直一直一直選擇遺忘的。從來沒有面對過，更沒有懷疑過為何不去面對。而今，我看〈受傷的小海豚〉、〈我的小飛象〉和〈祖孫衝突〉……我相信這是我這一輩子第一次感覺「歷歷在目」。媽選擇了較溫和的字眼和不辛辣的話題來「淺入」各層面；也用事過境遷的輕描淡寫來迴避二度傷害；更是用雙雙和我現在的各項成就來讓這些恐懼、仇恨、痛苦和悲傷合理化。

Why not？不是嗎，人生難免風風雨雨又苦短不過幾個十年……所以，我們也就過著 Fake it till you make it 的生活日復一日，年復一年。但是當一個家裡有一些沒有人敢提的話題的時候……事情就已扭曲變了樣了。

19

到今天，這個家裡臥虎藏龍，有的大露頭角，有的沉默地成為中流砥柱。我不敢說「家」和「家人」幫了多少忙，因為到頭來，人人是泥菩薩過江。那怕有人是被殺得遍體鱗傷或是被圍攻，所謂四面楚歌也只是孤獸

一隻苦鬥。這孤軍奮戰，並不是因為我和家人犯沖硬是要以序給他們難看，而是事實如此。你只有你在你這一邊，因為天底下只有一個你。

但是恐懼、仇恨、痛苦和悲傷只不過是擁有愛與被愛的能力之小小代價而已。我們萬不能因此而害怕去愛或被愛。畢竟，人生難免風風雨雨又苦短不過幾個十年……Why not？

何況，「家」和「家人」也許不盡然是你或著代表你、甚至不能了解或包容你，但是他們愛你……而這是天底下另一個你之外，最好的理由了。

20

（自序）

一代要比一代好 劉無雙

　　媽媽常說一將功成萬骨枯，一個人的成就，是很多幕後英雄的努力「拱」出來的。如果不是大阿姨、小阿姨在美國生根立足，我們怎麼可能移民來美，我又怎能這麼幸運地到柏克萊這麼開放自由的名校讀書。當然我可以在台灣考上台大，大學畢業後再出國留學，但是那時候起步已經晚了，不會像現在這麼順利、這麼容易。

　　對於兩個阿姨，媽媽心中充滿了感激。而大阿姨認為，這一切應該歸功於外公和外婆。大阿姨常說：「雙雙，我會這麼拚命地建立一個好事業，盡心盡力提供你們最好的成長環境，培養你們琴棋書畫，是因為外公以前就是這樣對我們。我小時候家裡雖然窮，但是外公還是想辦法讓我們念好學校，學游泳、學書法；妳媽媽功課不好，念私立學校，每次都得搭會給妳媽媽繳學費，寒暑假還要請家教給她補習。我今天有這樣的成就，能

22

夠養這麼多人，讓這麼多人靠，我也要感謝我爸爸在我起步時全力幫助我。能夠給你們一代比一代好的機會，都是外公外婆奠定的優良傳統。」

小時候常收到大阿姨、小阿姨託人從美國帶來的各種新奇的玩具、糖果，一直以為阿姨們在美國生活很富裕。長大後才了解，她們在美國奮鬥了十幾年，血淚斑斑地走過這段移民之路。小阿姨因為讀書、工作、賺錢，蹉跎了青春歲月，至今未嫁；大阿姨半工半讀替病人洗澡、換尿布，懷荳荳時曾為了扶起一個兩百磅的病人而暈倒。

阿姨們在美國時，媽媽和外公外婆住在台北的同一個社區裡，我算是在外婆家長大的。因為我是外公家第三代的第一個小孩，外婆很注意我的教育。她總是說：「老大教好了，老二老三會跟著學樣。」在她的教導下，我從小出門就會把自己打理得整整齊齊，回到家鞋子不亂脫，連抽屜也整齊有序；從上小學開始，每天書包自己收拾，手帕、衛生紙都準備好。媽媽見我什麼事都不用她費心，常誇我：「雙雙是最棒的小學生，外婆教得好對不對？」我會很高興大聲說：「對！耶！」

23

　　外公從小就疼我，他也是我最愛的人，他常常跟我說許多媽媽阿姨舅舅們小時候的事，也談他自己和外婆。有一個故事令我深深感動：有一回他的上司換了人，新官上任三把火，處處和外公為難。外公受不了那種屈辱，本來打算辭職的，外婆好言相勸，外公都不聽，外婆很生氣地說：「你要拿什麼養我和孩子，文你不能寫，武你不能做粗重的活，你叫我跟五個孩子怎麼辦？」外公只好硬著頭皮回去上班。至今回想起來，外公總說：「當時真該感謝妳外婆，沒有她，今天這個家早就沒了。」十八歲的我終於了解，每個孩子的成長，父母在教養孩子的過程中所付出的辛苦，真是無法言喻。

　　外公外婆對孩子們的付出，我聽到了，也看到上一輩的成果；爸媽阿姨們對我們的付出，我看到了，感受到了。我也會好好努力，以上一代為榜樣，我們一代會比一代好，這個優良傳統也會一直延續下去。

25

（自序）

感謝我的母親和姉妹　王莉民

聖瑪利諾（San Marino）是美國洛杉磯郡（LA
County）東北方的一個小城市，全市人口僅五萬多人，
在三十多年前全區沒有一個有色人種。據聞當年中共副
總理錢其琛曾計畫買該市的房子被白人所拒，一怒之下
返回大陸發展。真是三十年風水輪流轉，許多當年居住
在聖瑪利諾的白人子孫，不但繳不起遺產稅，也保養不
起這樣的豪宅，紛紛出售變現。現在聖瑪利諾有八成以
上的亞裔，中國人占一半，由於台灣經濟繁榮、生活富
裕，許多大企業老闆、股市大戶在此購屋，所以這裡英
文不通台語也行。

我的姉姉二十歲出頭，以護士身分應聘，隻身來
美。結識史常新君一年即結婚，婚後育有一女史可芸，
小名荳荳。我的妹妹大學畢業在台工作一年，隨即來美
留學，三年後取得醫學檢驗師身分，與姉姉同在醫院任

26

職，至今年近半百，仍然未婚。

母親在台退休後來美，與妹妹同住；姊夫當時體弱多病，經常在家休息，而姊姊已經開始籌備她的新事業，母親與妹妹照顧莛莛，讓姊姊沒有後顧之憂，全心在事業上衝刺。天有不測風雲，姊姊事業小有成就時，母親與姊夫相繼去世，現在姊姊已是洛杉磯華人圈知名的女企業家，擁有兩間洗腎中心，一間老人護理中心及近百名員工，在聖瑪利諾市買了一戶百萬豪宅，姊姊、妹妹、父親和莛莛同住。

聖瑪利諾高中是洛杉磯排名第一的公立高中，我們移民來美即在姊姊家落腳，雙雙才有幸於聖瑪利諾高中就讀，之後再以優異的成績進入柏克萊。雙雙之所以有今天，除了感謝母親和姊姊奠定良好的基礎外，更要感謝妹妹，無怨無悔的付出，把雙雙教得這麼好，對她的照顧無微不至。

27

由於聖瑪利諾高中盛名在外，中國人都喜歡把孩子送進好學校，所以很多孩子越區就讀，產生了許多幽靈人口，校方對於這種事非常在意，查緝得非常嚴格，有

時候幾近騷擾，每天大清早或半夜會到家中突襲檢查，看看學生是否真的住在就學地址。平常孩子們在學校就經常聽說某同學昨天因校方去拜訪時發現沒住在就學地址內而被強制退學。妹妹是雙雙在學校登記的監護人，因為監護人不是親生父母，校方本來就有合理的懷疑，所以經常到家中突襲檢查。本來照顧 teen-age 的孩子就不容易，何況父母不在身邊，照顧這樣的孩子，平常已經夠勞心勞力了，現在又加上各種干擾層出不窮。

許多成功的人，家中都有一個未婚的姑姑或阿姨，雙雙在妹妹的照顧下長大，對妹妹的付出，我除了感謝，更有深深的感動。

注：注重孩子教育的家庭，犯罪一定少。我的朋友在法院做事，因為加州有三十多種語言，常常需要翻譯，很多會雙語的人都去兼差，我曾要老劉去考，但是講台語及國語的犯罪人口極低，不需要會國台語、英語的雙語人才。

28

29

還是做媽媽的先說
王莉民卷

牌桌上的教育

　　我外婆家婚喪喜慶都打牌，因為人多聚在一起沒事
做，四個人就湊一桌，全盛時期可以開五桌以上。外婆
不識字，又是小腳，不但做了官太太，還主持四代同堂
的大家庭。那時老外婆（曾外祖母）還在，外公是長
子，有三個弟弟，我的舅舅阿姨就有好幾十人，每次聚
會都在外婆家，大人打牌，小孩玩自己的，第四代多得
可以開幼稚園了。

32

　　在我念大學的時候，外公已經去世，外婆也中風
了。她的病情還滿輕微的，醫生叫她做運動復健，她不
肯，只願意打麻將。中風的人動作慢，老人家脾氣又
大，阿姨舅舅們早已是博士級的技術怎麼肯陪她打牌，
我和姊姊是孫子輩最年長的兩個，所以被派作主陪，另
外一「腳」由舅媽們輪番上陣。外婆因為打牌，閱人無
數，她總是說選女婿要在牌桌上選，一個人的人品本性

在牌桌上最藏不住。我也看過很多相親的牌局，有的男
生出張慢得不得了，左考慮右考慮，有的人莽莽撞撞亂
衝一通，有些人在等牌了，臉上有得意之色，或者不進
張時顯得很浮躁……林林總總，聽外婆事後分析起來，
似乎頭頭是道。還有一次大家都覺得這人牌品不錯，外
婆突然說不舒服，不肯繼續打了，事後才知道是那位先
生上廁所沒洗手就急吼吼地回牌桌了。最後一個在牌桌
上通過外婆考驗的是老劉，那時外婆唯一的心願就是抱
重孫子，可能自己知道時間不多了，所以對老劉沒有太
挑剔。

　　懷雙雙的時候吐得很厲害，長輩們就把麻將治百病
的理論搬出來給老劉洗腦。想起那時候真快樂，老劉去
上班，我也去上桌，他下班到朋友家來接我，吃完晚飯
再一起回家，散散步走走路，回家後就洗澡睡覺了。

33

　　生了雙雙以後，我們這群愛打牌的姊妹淘又聚在一
起。經常是五、六個人聚在其中一人家裡，四個人打
牌，其他人看孩子。我們打的是上班麻將，大約早上十
點開戰，下午五點以前結束，星期假日就休戰，在家陪
老公小孩。早上出門前就已經買好菜，把該洗該切的料

理好，晚上只要炒一炒、煮個飯、燒個湯就行了。老公下班回家，再遲也不會超過七點鐘吃晚飯，上桌時還熱騰騰的。輪到我帶小孩時，我會買很多要摘揀的蔬菜，帶著孩子們圍著飯桌摘菜。牌友們笑我虐待童工，我說是陪小孩玩，順便替她們訓練小孩做家事。下午放工時，每人還可分一份菜回家煮。

我們稱打牌叫「手談」，大家都是多年的好友，輸贏也不大，在牌桌上說說笑笑，交換育嬰心得、馭夫術、婆媳相處之道……無所不談。上班族星期一早上最忙碌，我們這些另類上班族星期一早上也有一大堆新聞要報告：老公怎樣了？孩子怎樣了？到哪裡玩了什麼、看了什麼、吃了什麼……，有時候怕小孩子傳話，負責帶孩子的人要帶小孩出去玩，把他們支開。我們這些姊妹淘，共享很多祕密，真是親如姊妹。尤其我的姊妹在美國，難得談心，我打心底珍惜這些「牌腳」。

34

結婚二十多年，在家做了十五年煮婦，卻不落伍，想想和這些姊妹淘在一起，也不無長進吧！另外最重要的是現代家庭孩子少，在學校也沒有玩伴，和媽媽牌友的孩子交朋友，可以補兄弟姊妹的不足，大家彼此知根

知底，大人也不太擔心。雙雙就是在這樣的環境中長大，成為一個合群又有領導能力的小孩。

　　也許是大家的層級都差不多，也許是互相學習、彼此提升，當年我們同桌的姊妹淘們，每個孩子都滿好的，沒有一個媽媽會沉迷於牌桌，也沒有一個孩子變壞的。

自製嬰兒食品

　　人家說，第一個孩子照書養，第二個孩子照豬養，
相信很多媽媽會有同感。初為人母，很多事情都搞不清
楚狀況，除了向長輩討教，只有自己看書了。當然有些
人會認為長輩的觀念落伍，不願意聽，我是比較懶的
人，育嬰手冊、成長手冊，那些書實在沒什麼興趣看，
所以兩個孩子的成長，都是母親怎麼說，我就怎麼做。
沒想到竟然還能無書自通，在同輩的朋友中，我的孩子
帶得比別人都好，細皮嫩肉，不胖不瘦，一年難得生

36

病，滿月開始就不再半夜起來餵奶……一直到現在，她
們兩個運動、讀書、才藝，領先中國孩子，也勝過美國
小孩，真是頭好壯壯又好養。

　　俗話說三歲看老，孩子在三歲前打好基礎最重要。
我訓練孩子，從坐月子時開始。那時候我白天帶著孩子
玩，晚上讓她們好好睡。因為中醫是講辯證，西醫是求

實證，看了一些中醫的書，凡事就自己推理。我想小孩子在肚子裡是不見天日的，剛生出來眼睛對光線可能也不太適應，所以白天我把窗簾都拉起來，暗摸摸的看不到光，我摸黑逗她玩；到了晚上，孩子累了，我就打開燈，弄得她眼睛睜不開就想睡覺。本來餵奶時間是03:00、07:00、11:00，一天六次，我在晚上十一點餵奶前先洗澡，洗完澡又累又餓，再灌她一大瓶奶，半夜三點那頓，我則每天往後延半個小時，孩子滿月時已經可以從晚上十一點餵奶後直睡到第二天早上七點才醒。再想想，大人出國都可以調時差，小孩子吃奶的習慣當然也可以改。而且嬰兒睡比吃重要，基於上述理由，我判斷後用雙雙做實驗，雙雙成功了，再複製到無華身上。半夜不用起來餵奶，大人小孩都輕鬆。

37

我還自己做嬰兒食品。雖然市售的嬰兒食品衛生、營養，很多人認為不必這麼麻煩，但是在我心目中嬰兒食品就像吃罐頭，大人都不願意天天吃罐頭，為什麼要給小孩子這樣吃？所以在孩子六個月大時，我很用心、很勤勞地為她們做副食品。每個星期天一早我就去市場買一副大骨頭，再向老闆要一些肋骨，回來用大骨頭、肋骨、雞爪、小魚乾、蝦米、蛤蜊放兩湯匙醋，加一鍋

水用小火燉上一整天，燉好了用很細的濾網把湯濾出來，放冷後再放到冰箱結成凍，結凍後把上面的油挖掉，再放番茄、高麗菜、胡蘿蔔煮爛，煮爛後用果汁機打成泥，再把高湯泥分裝在小碗裡，放在冷凍庫。要吃時拿出一碗來蒸熱，攪拌一些嬰兒麥粉或奶粉放進奶瓶裡，把奶嘴洞剪大一點，讓孩子自己吃。

我這個人優點和缺點都是土包金，我有很多好東西從外表看來都沒什麼。就像這嬰兒食品，營養又好吃，但是不好看。每次小孩吃不完，我就叫老劉吃，他總是一面吃，一面說：太可怕了，像大便一樣。之後他還常常跟孩子們提起我做的噁心嬰兒食品。有時小孩做錯了事，我說：「你們怎麼搞的，吃大便長大嗎？」她們會說：「對呀！爸爸說小時候妳給我們吃的嬰兒食品像大便一樣。」現在她們已經長大了，這樣講話太粗魯，才沒有再提。

38

theme　**過來人語：**

現在我還是每星期用大骨頭、雞爪、豬腳、蛤蜊、蝦米、牡蠣燉海陸空高湯，老劉和我預防骨質疏鬆，兩個女兒促進發育。濾出來的高湯可以煮麵、吃火鍋。

39

拒絕心靈污染

　　雙雙一向很乖、很膽小，她成長過程中我沒操什麼心。無華表面看起來酷酷的，又大膽，但內心有著強烈的感情。她從小嫌老劉不修邊幅，像個怪叔叔，平常在路上都避著他，怕和他打招呼會被同學笑。在家時老劉要親她抱她，她就跑得遠遠的，捏著鼻子說老劉身上都是鹹油味。老劉從外面回來，從來不會迎上去或倒杯水之類的，我以為無華對她爸爸沒什麼感情。

　　有一次老劉很晚回來，我在哄無華睡覺，她問我爸爸怎麼還沒回來，我就亂說，騙她老劉被人撞了，在醫院。她一骨碌地爬起來，眼裡冒著凶光，說：「誰？我們跟蹤到他家去把他殺死！」我當時好震驚，更是後悔萬分，為什麼要在孩子面前亂說話，平常也太不注意了，老是讓她看一些暴力畫面。以前常聽專家們呼籲淨化電視、淨化心靈……我都覺得太小題大作了，現在發生在自己孩子身上，才知道怕。

　　除了這件事，更令我難過的是，當初無華和小表妹愛眉發生爭執，被外公誤會，掀起了軒然大波，事後表面上平靜了，但她的行為卻讓我膽戰心驚。她們之間爭執的導火線是一包小熊軟糖，無華到現在都沒有再碰過那種小熊軟糖，而且當時她是把那一整包軟糖小熊的頭、手、腳一個個扯下來再送給愛眉。這種「愛之欲其生，惡之欲其死」的心態，萬一將來遇到感情糾葛的時候，她會怎麼做？

　　回想雙雙小時候，我愛看殭屍鬼怪片，常常和她去看鬼電影。有一次朋友來，雙雙坐在她身上玩撕皮遊戲，大家都不知道她在說什麼，我還笑著解釋：「她看了《人皮燈籠》，在剝妳的皮啦。」真是一點危機意識也沒有。我有個朋友在翻譯藏文法本，音譯時用字都很謹慎，避免不好的文字讓人看到，種入八識田，我當時還覺得她太小心了，現在真的很慚愧，別人努力在做好事，我不但不鼓勵，還帶著輕忽的態度；朋友勸我不要看色情暴力的電視、電影，我也一向當作耳邊風。種什麼因，得什麼果，任何不好的畫面、言語、文字映入腦海，對心靈都是一種嚴重的污染和傷害。

41

page

theme　**過來人語：**

我不得不承認，自己一直都不夠成熟，而且凡事
不在乎。直到全家移民來美，我一個人留在台
灣，才開始學習怎樣做父母、怎樣做朋友，做一
個不給人添麻煩的人。雖然有點遲，但是還來得
及，我再也不接觸任何會污染心靈的資訊。

42

43

迷路的小羊

　　有次無華在打電話，見她幾度停下來對著話筒學狗
叫，第一次叫得令人心煩，第二次叫得很凶，第三次叫
得很悽慘，之後再叫好像斷了氣，接著就匆匆地掛上電
話。問她在幹什麼，她跟我說同學太囉唆，她不想聽就
假裝家裡的小狗在叫，被她修理。母女二人哈哈大笑。
孰料第二天到學校，經由同學的渲染，她變成了 dog
killer（殺狗的人）。

44

　　家裡兩個孩子，完全不一樣，第一次發現她們不
同，是玩「迷路的小羊」遊戲。我叫雙雙蹲在門口，假
裝是一隻迷路小羊，我打開門，把她抱起來，問她說：
「小羊、小羊，妳怎麼會在我家門口？」她就說：「我
本來是妳的小孩，有一天妳不在家，來了一個巫婆，把
我變成小羊帶走了。我偷偷逃出來，在森林裡走了好久
才回到家。」我就安撫她，給她倒杯水，然後說：「乖

乖小寶貝，妳喝完這杯魔法水，就會變回來。」這個遊
戲她百玩不厭，每次不肯喝水都要玩一遍哄她喝魔法
水。有次我一時興起想變個花樣，開門時假裝害怕地大
叫：「哇！嚇死我了，一個小巫婆在我家門口。」沒想
到她竟然傷心地哇哇大哭，我只好哄她再玩一次，一開
門看到她既期待又怕受傷害的眼神，心中萬分後悔，做
媽媽的不該如此惡作劇。

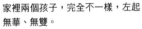
家裡兩個孩子，完全不一樣，左起
無華、無雙。

45

換作無華，和她玩同樣的遊戲，她反而期待我說：「哇，嚇死我了，門口有一個小巫婆。」這還沒說完，她就做鬼臉，張牙舞爪地變成小巫婆，追著我滿屋子跑。如果我不害怕，她會生氣，覺得不好玩。這個故事我們一家四口印象深刻，雙雙大了，我抱不動她，她會跟老劉說：「爸爸，我做小羊，你抱我。」無華呢，抓住她的手腳，原以為這個小巫婆動彈不了，冷不防她會用頭撞你一下。

我喜歡逗小孩，記得小時候父親也很喜歡逗我們，母親就不贊成，大概是遺傳吧，家中我和姊姊及小弟都喜歡逗孩子。雙雙這種小孩會比較不忍心逗她，天不怕地不怕的小無華逗起來好玩多了，但是後來她被我逗哭了，我才不再跟她亂開玩笑。

46

但即使是無華這種個性的孩子，也會受傷。無華四個月大的時候，我把她寄放在託嬰中心有半年多的時間。我印象最深刻的就是每次接回來玩再送她回去時，一到託嬰中心的電梯裡，她立刻變得垂頭喪氣，我們走的時候，她會站在嬰兒床裡，扶著欄杆，瞪著大眼睛茫然地看著我們離去。後來實在不忍心，才把她接回來自

己帶。那麼小的時候發生的事，之後仍然成為她心中不能觸碰的痛。有時候講起來，她會強忍著淚水不哭，大一點再跟她講，她就乾脆擦掉這段過去，扮鬼臉，說：「媽媽妳騙我，我一直都是妳帶的。」

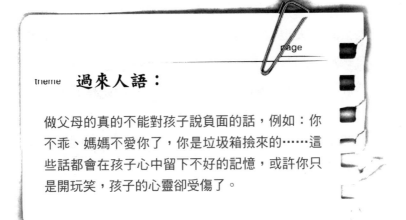

theme　**過來人語：**

做父母的真的不能對孩子說負面的話，例如：你不乖、媽媽不愛你了，你是垃圾箱撿來的……這些話都會在孩子心中留下不好的記憶，或許你只是開玩笑，孩子的心靈卻受傷了。

媽媽偏心

　　很多人在小時候覺得父母偏心，父母偏心不見得是不疼自己，只是比較疼其他的兄弟姊妹。有些在家中最受寵愛的孩子，也不得不在兄弟姊妹面前承認父母較疼他。父母偏心，往往會在孩子心中造成難以磨滅的陰影，許多兄弟姊妹間的衝突，也因此產生。我有個朋友，很年輕就得乳癌過逝，她臨終前最牽掛的竟是父親從小疼妹妹，不疼她。甚至在她們姊妹婚後，他父親對她老公和妹夫也有差別待遇，對待她兒子和妹妹的兒子也有長短。因為心中有怨，小時候她常欺負妹妹，長大後姊妹感情雖然不錯，但在她心中，對妹妹有著歉意，對父親還有一點怨。她一再交代老公，一定要公平對待每個孩子，不要因父母的偏心，在孩子心中造成傷害或是影響手足之情。

　　我也是從小覺得父母偏心。妹妹和小弟是家中最乖

的孩子,爸爸比較疼他們;母親把大弟當作寶,因為他是長子;姊姊能幹又顧家,爸媽都對她特別好。而我呢?排行不好是先天不足,功課不好,讓爸爸臉上無光是後天失調,想想要怪也只能怪自己,怨不得別人。記得有句話,大意是說,每個人成長後都應該自我再教育,長大後犯了錯,解釋成因為童年時父母做得不對,造成現在心理上的缺憾,是一種推卸責任、不負責的作風。我常提醒自己,小時候父母做的事,心中不認同,長大後再想想,也許想法會改變;若還是不認同,那就要提醒自己,不要重蹈覆轍。因為記得朋友的前例和這句話,所以一心一意地讓自己公平對待兩個孩子,不要讓她們覺得我偏心。也許是矯枉過正,孩子們反而覺得我搖搖擺擺,一下愛大的,一下偏心小的。

一天我坐在客廳,姊妹倆在房間,忽然聽到連續的好幾聲啪啪啪的聲音,衝進房間問什麼事,只見小無華手臂通紅,噙著眼淚、撇著嘴,狠狠地瞪著雙雙,原來是雙雙在打妹妹。我心疼地把無華抱起來,沒有問原委,把雙雙罵了一頓,抱著無華又親又哄地去客廳了。兩個姊妹差了五歲,雙雙做了五年獨生女,從小就集三千寵愛於一身,現在多了個妹妹,雖然有時候覺得自己

當姊姊了，很高興，但是大部分時間會覺得父母對她的愛被妹妹占去了，有時難免和妹妹爭風吃醋，再者妹妹太小了，玩不到一起，常常會覺得她煩。我印象最深刻的一次，雙雙和朋友在房間玩，不理無華，後來嫌她煩，乾脆把她趕出來，關在門外，之後好長一段時間，只要一提到雙雙，她就插著腰，口齒不清地說：「氣！」我和老劉看她可愛的樣子就好笑。

雖然無華總是告狀說姊姊欺負她，我的態度是姊妹吵架有什麼大不了，抱抱小的，哄哄她就算了，老劉平常上班也不太注意這些事，回來我也很少提。表面上相安無事了一段時間，孩子們漸漸大了，衝突更多了，我就立了新規定：不准告狀，有問題自己解決，不管誰告狀，兩個人先罰跪，跪著把事情講清楚，對的人可以起來，犯錯的人繼續跪半個鐘頭作為處罰。有一天，竟然聽到無華威脅姊姊：「妳再這樣，我就告訴媽媽，我們兩個都罰跪，同歸於盡。」雙雙委屈地在房間裡哭，無華氣沖沖地從房間跑出來，我生氣地叫無華罰跪，並且跟姊姊道歉。無華不肯道歉，哭著訴說她的委屈，又傷心、又激動，我心一軟，又把她抱起來，又親又哄，沒想到雙雙在一旁哭得更傷心，對我大吼：「妳每次罰跪

50

完都親親抱抱她，我都沒有。」我心頭一涼，糟了，代
誌大條了，我總是顧此失彼，把事情越弄越糟。

回想雙雙小時候胖胖的很結實，每次往我身上一
坐，我就立刻趕她起來，說：「重死了，壓得我腿痛。」
無華比較瘦弱，一直到現在她都常常坐在我身上又親又
抱。這些無心的行為，在雙雙眼裡都是傷害，她一直認
為媽媽偏心，疼妹妹不疼她。我有些時候好像有點感
覺，有些時候又疏忽了，覺得沒什麼，或者會想辦法補
償她，她要什麼都買給她、和她一起逛街看電影，這些
都是無華沒有的待遇。我一點也不覺得自己偏心，不知
道是得不到的比較想要，還是小孩都會比較，或者都
有，反正眼前我就不知如何處理了。

那天下午真是不知道怎麼過的，如果捨無華去哄雙
雙，無華也會不平衡，而雙雙的傷也不是我現在抱抱她
哄哄她就會好的，要花長一點的時間溝通，我得回想一
下以前的行為，理出一些頭緒來，做好心理準備才行，
否則不歡而散，裂痕更深。老劉下班回來，發現家裡的
氣氛出奇地嚴肅，不知道他不在家時這三個大小女人發
生了什麼事，起先他企圖逗我們笑，化解一下，後來我

51

叫他帶雙雙出去吃飯，陪她講講，我則跟無華留在家裡。等他們回來，看到父女倆的表情，我心中的石頭才放下來。晚上孩子們睡了，免不了被老劉數落一番。

事後回想起來，也沒多複雜，做父母的要對孩子因材施教，又要讓孩子不覺得偏心，實在不太容易。孔子說「民可以使由之，不可使知之」，為什麼對這個孩子這樣、對那個孩子那樣，不一定要解釋給他們聽，怎麼說都說不清楚的。既然說不清楚，乾脆不要說，多花點耐心聆聽，了解他們的想法以後，自己再修正作法就可以了。當然有一個前提是要讓孩子們很肯定地知道你是愛他的。

老劉那天帶雙雙出去吃飯，陪她走走路，耐心地聽她的抱怨。聽完他並沒有立刻替我辯解，只是技巧地列舉一些我的處事方式，從列舉的事件中，有些可以感覺到我對她的疼愛，有些也的確不小心傷了她。爸爸聽聽哄哄，女兒哭哭笑笑，說完，事情就化解了。最後補一句：「妳媽媽就是這樣的個性，妳也不是不知道，而且妳知道她很愛妳，妳就包容她一點吧！」

53

學習為人父母

　　姊妹淘在一起聊天，三句話不離老公孩子，還常講到我做什麼事都不專心，又常常半途而廢，只有打麻將又專心、又能堅持到底，所以打麻將是最好的胎教。大家一路看到雙雙優異的表現，鼓勵我出書，替我們這些因為好賭成性，常被老公、孩子數落的煮婦出一口氣。

　　為了寫書，我們一家四口經常一起討論，於是許多以前的問題、衝突、爭執又挖出來，重新檢討，加上現在生活上的種種事情，才發現自己不是個好母親，不但粗心、衝動、情緒化、主觀意識強，也很少傾聽關心孩子們，反而是平常總是被我們取笑、嫌棄的老劉，才真正是一個成熟的爸爸和老公。

　　從小到大，和父親不和，點點滴滴地在心頭打了死結。在聖瑪利諾姊姊家時，對父親的種種怨懟已升到了

最高點，老劉的安慰雖然可以略為撫平傷痛，始終也無法打開這個結。每當我和姊姊或妹妹抱怨父親時，她們總是說：「妳不能怨老爸，以前生活那麼艱苦，老爸花那麼多錢給妳念私立學校，妳不但書沒讀好，還學一些歪理來頂嘴。換做妳，妳怎麼想？」老劉和無華在爾灣（Irvine）落腳，也是花了番心思，起初一切都好，漸漸無華發現大部分同學的父母都年輕有為，家庭環境也比我們富裕，在同學間相形見絀，加上文化衝擊，造成她憤世嫉俗，覺得老天對她不公平、爸爸不會賺錢、媽媽不在身邊、老師不會教、同學程度比她差比她笨、姊姊那麼優秀造成她的壓力……，只要事情不順她的心，那種又凶又驕的態度，真令人想狠 K 她一頓。我們這麼盡心盡力地為她找個好環境，換來竟是這種結果。

　　每次我怨父親，姊姊或妹妹說我什麼，總會造成姊妹間小小的不愉快，老劉也從來沒有站在我這邊幫我講過話，心裡有許多的不平，一直壓抑著。今年過年姊姊家傭人休假，父親要我去為他煮一頓年夜飯，我口頭上婉拒了，心裡卻想：我為什麼要去，以前做的還不夠嗎？妹妹打電話來求我，我就不客氣地說：「要做順民妳去做，我不要。」妹妹又打電話給雙雙，雙雙就打電

55

話給她爸爸。老劉勸我去一趟，大家面子上都好看，我推說：「你又不是不知道，我爸認為廚房是他的，在他的廚房做事，要守他的規矩。大過年的叫我去被他釘得滿頭包啊！」老劉也沒說什麼，自顧自地擬菜單，帶我去採買，把要洗要切的在家打理好，要燉煮的也在家燉熟，然後跟我說：「我幫妳把東西準備好了，妳去聖瑪利諾拜年只要炒幾個熱炒，把現成的菜熱一熱就好了。」年初一，老劉把年菜及餐具裝在一個大籃子裡，帶著我和無華去姊姊家到府外燴。雖然當天看不出來父親有什麼滿意或不滿意，至少妹妹很高興，無華和荳荳也很開心。

看看他們父女倆，再回頭看看我自己，無華太過分時我都會生氣，覺得無華對她爸爸不但不尊重，還欺負他。但老劉卻從來沒有動氣過，先以身作則地管理好自己的情緒，抱著「小聲說重話，態度堅定而溫和」的原則，又磨又拗的一年多下來，把無華修正成一個懂事體諒而溫和的孩子。如果不是老劉，我和無華之間可能會變成當年我和父親的歷史重演。於是多年的心結在不知不覺中解開了，放下怨氣，自己也輕鬆。

56

現在我們家中每一個人，有任何重大決定，都會一起討論，我也能坦然面對他們的指正。不得不承認，自己是在移民美國後才開始學習做人做事，學習做母親、做女兒。有時和雙雙聊起往事，她說：「媽媽，我真幸運，有你們這樣的父母，相同的事發生在兩代人身上，有不同的結果，讓我感覺到一代比一代好。」我回答她的是：「人總是要進步的，我還是一直在學習做父母。」

57

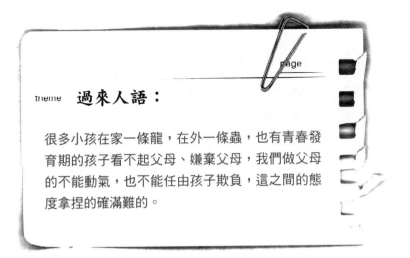

theme　**過來人語：**

很多小孩在家一條龍，在外一條蟲，也有青春發育期的孩子看不起父母、嫌棄父母，我們做父母的不能動氣，也不能任由孩子欺負，這之間的態度拿捏的確滿難的。

受傷的小海豚

　　二〇〇〇年一月三十一日是小無華十一歲生日，也是我們全家踏上美國移民之路的第一天。當天我們吃完了簡單的午飯，帶著大大小小的行李登上了飛機。飛機上兩個丫頭興奮得不得了，馬上要見到外公、大阿姨、小阿姨和久違的表妹荳荳，尤其無華還憧憬著在千禧年能過兩個生日。

　　下飛機時已是傍晚，我們到了姊姊家，疲倦地吃完晚飯，我早已忘了要替無華補一個生日蛋糕的事，大家都早早休息了。第二天就開始緊湊的行程，全家辦 ID 卡、小孩入學、老劉考駕照……，妹妹特別請了幾天假，帶著我們把一切安排就緒。

　　接下來的日子每天都在忙，孩子們緊接著就上學了，老劉讀書考試，我雖然沒事，但心中的壓力卻不

58

右起無雙、無華和荳荳。

小。只有下午孩子們放學回來可以講講話，晚飯後一家
四口窩在車庫旁的小房間，雙雙和無華總是混到深夜，
才依依不捨地回到她們前面的房間去睡覺。無華最喜歡
的動物是海豚，她乖的時候我叫她海豚乖寶寶，不乖的
時候就變成了海豚壞寶寶。從我們移民之後，她一夕之
間變得乖巧又懂事，我就叫她海豚乖寶寶，一直沒有變
過。

　　因為台灣有很多事未了，三月中旬我一個人回到台
灣，老劉則在四月初考上橘郡（Orange County）公務
員。就在走之前我和父親之間已有許多的衝突，我回台
後，小無華和外公之間也不斷地發生各種不愉快，所以
老劉臨去橘郡前有和姊姊談過，他的意思是說小孩子不
好可以管教，但是不能打孩子，姊姊的回答卻是不敢保
證父親不會動手打無華，要無華自己識相，不要太會頂

嘴，父親脾氣上來了，誰也擋不住，她自己的女兒荳荳小時候也挨過好幾次打，外公打孫子，做父母的能說什麼？老劉心中壓著一塊大石頭，到房間去親吻孩子們的臉頰道別，一滴熱淚滴在小無華臉上，她裝睡沒有睜開眼睛。事後她跟我說起，我真是心如刀割，結婚二十年我第一次聽說老劉落淚。

到了五月，無華和外公發生了一場大衝突，姊姊和妹妹夾在中間左右為難，她們兩個從小就是順民，任何大小事都不曾違抗過父親，而我是家中的刁民，現在又來個無華火上加油，情況之混亂可想而知。接到她們的電話，我盛怒之下聽不進任何解釋和理由，也不想和她們商量解決之道，只是一心想把我受傷的小寶貝帶回台灣來。事實上，阿姨家住不下，不回台灣也不行，因為未滿十二歲的孩子單獨留在家中是違法的，老劉早上六點就要上班，晚上五點才到家，不能放無華一個人在家，也不能讓她自己去上學。

無華在美國半年，從不認得 ABC 到英文能說能寫，可說是進步非常快，在學校也交了一些朋友，小學畢業後大家也相約去同一所中學。老劉認為小孩子總要

給她時間適應，安定也很重要，於是去求父親，並叫無華向外公道歉，但我堅持不要，無華聽了我的話也不肯道歉。老劉自己去找父親說，他只希望再給我們一年的時間，一年後他試用期滿成為正式公務員，無華也滿十二歲了，他再帶無華去橘郡同住。父親不便明白地拒絕，只是說我們自己的孩子，我們應該負起做父母的責任。老劉天真地認為只要再和兩個阿姨溝通好，無華就可以留在姊姊家再住一年，但我堅持不肯，我跟老劉說，我可以預見以後父親一定會說，我們做父母的不管孩子，把她丟在阿姨家，他老年喪偶，姊姊是寡婦，妹妹未婚，荳荳是孤兒，他們這一家鰥寡孤獨的四個人應該是別人照顧他們的，我們怎麼還去增加他們的麻煩……。雖然老劉認為只要無華能在美國安定地留一年，即使日後父親說什麼不好聽的話，他可以不在意，但是我怎麼也嚥不下這口氣，一定要把無華帶回來。

61

　　自從我決定帶無華回來之後，大家都變得很沉默，每次和孩子們通電話，大家都刻意避開相處的問題，報喜不報憂，我也自欺欺人地認定無華甘願接受暑假跟我回台灣。一天下午，是美國的半夜時間，無華打電話來，劈頭就問：「媽媽，我知道我必須回來，但是為什

麼？」為什麼？我們都心知肚明，她也不是真的在問我為什麼，她是在哀求我有沒有辦法讓她繼續留在美國，母女倆在電話裡痛哭……

那通電話之後，無華再也不接我的電話，放了學就在家裡寫功課，其他時間就關著房門摺紙鶴，阿姨問她摺紙鶴做什麼？她說：「等我媽媽來。」她變成一個自閉的小孩，沒有憂傷，沒有歡笑，只是在等。

theme **過來人語：**

現在回想起來，似乎整件事中最錯的人是我，如果我能對父親的態度和緩一點，也不至於遷怒到孩子頭上；在最後關頭如果能忍一口氣，不堅持帶她回來，可能她日後也漸漸適應了。當時我沒有把她的意願當作第一選擇，自己跟父親賭氣卻犧牲她。還好她再回到美國後一切都很好，否則我真會後悔一輩子。

祖孫衝突

　　家中五個子女，我排行第二，上面一個姊姊，妹妹老三，老四、老五是男孩。從小個性叛逆，愛頂嘴、功課不好，所以挨打最多，和父親的關係一直不好，初中到大學我都住校在外，躲得遠遠的。

　　無華的個性像我，還比我多一分倔強。雙雙是我們王家第三代的第一個孩子，受到外公外婆的寵愛，相形之下無華就顯得疏遠多了。剛到美國，無華摸不清狀況，常和外公頂嘴。平常晚餐時大家聚在一起，父親會在飯桌上時而說笑，時而訓人。無華看到父親說話時口水噴到菜裡，就用英文跟荳荳說：「妳看外公的嘴巴，我們挾菜的時候小心點。」兩個丫頭嬉笑著翻盤底的菜吃，父親發現後很生氣，用力地摔下筷子回房間。

　　還有一次，為了學中文，荳荳被迫看華語電視，無

64

華作陪。劇中有一句俗語「造孽」。荳荳問無華造孽是
什麼？無華解釋成倒楣。荳荳和外公生氣時冒出一句：
「有這樣的外公，我真是造了孽了。」大人覺得荳荳的
中文程度不會用這種話，問她誰教的，她當然說是無
華，於是無華狠狠地被修理。

　　全家人都很遷就父親，尤其我兩個姊妹都是順民。
妹妹常說：「老小老小，爸爸年紀老了，就和小孩一
樣。」無華說：「既然老人和小孩一樣，為什麼老人不
能管？」父親告訴妹妹，他聽到這話氣得全身發抖。

　　老劉還沒找到工作
前，父親也許是著急、憂
心，常常念，我實在聽煩
了，跟他說：「上等人自
成材，中等人教成材，下
等人打罵不成材，我們不
成材，你再罵也沒有用。」
父親還不放過地追問：
「妳說妳是哪等人？」我賭
氣說：「下等人。」無華

雙雙是我們王家第三代的第一個孩子，受到
外公外婆的寵愛。

65

立刻頂一句：「我媽媽是你的女兒。」氣得父親直到我回台灣之前都在擺臉色。

我回台灣，老劉到橘郡上班，自己在爾灣租房子，無華和雙雙留在聖瑪利諾姊姊家。弟弟的小女兒愛眉是王家的小霸王，父親最疼這個小孫女，偏偏無華不知輕重地和愛眉起了爭執。兩個孩子吵架本來也沒什麼，父親一出現，愛眉就無限委屈地往爺爺身邊衝去，父親認為無華是表姊，不該欺負小的，就罵了無華。無華當時並沒有回嘴，以為風波平息了，誰知父親在廚房煮餃子時突然憤怒地把鍋子一摔，對著無華大吼：「滾！到妳爸爸那裡去。」無華哭著跑回房間。

66

雙雙看妹妹哭，就問無華原委，聽完她哭得比無華更傷心。父親看到雙雙哭，以為無華又惹了姊姊，雙雙見妹妹又被冤枉，急著向外公解釋，一時間大家都失去了理智。雙雙無法把話說清楚，父親也聽不進去，突然他跳起來，猛摑自己的耳光，嘴裡說：「我要死了，這麼大把年紀，冤枉了自己的外孫女。」雙雙怕外公繼續打自己，又怕他盛怒之下會打無華，還怕老人家高血壓中風，老的小的拉扯在一起，一屋子的混亂，驚動了所

有人。最後我姊姊帶著我妹妹、無華、雙雙和荳荳統統跪在父親面前，哭求著他息怒……

　發生這麼大的事，無華是無論如何再也待不下去了，我下決心帶她回台灣。老劉只擔心無華受委屈，怕父親會動手打她，其實我知道，父親不會打無華的。他打荳荳，姊姊不會去告他，但是打無華的話，他可不敢冒險，所以他用這種方法讓姊姊和妹妹受不了，逼走無華。這股怨氣，我至少花了一年才平息。

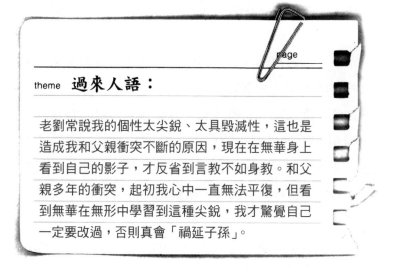

theme **過來人語：**

老劉常說我的個性太尖銳、太具毀滅性，這也是造成我和父親衝突不斷的原因，現在在無華身上看到自己的影子，才反省到言教不如身教。和父親多年的衝突，起初我心中一直無法平復，但看到無華在無形中學習到這種尖銳，我才驚覺自己一定要改過，否則真會「禍延子孫」。

我的小飛象

　　無華有一雙招風耳，我這個做媽媽的當然覺得沒什麼不好，何況女孩子嘛，將來留長頭髮就遮住了。長輩們有的說招風耳醜，有的說招風耳將來會沒錢，小孩子聽了當然會很傷心，所以她一直對「招風耳」這三個字很敏感，偏偏外公、舅舅和一些小朋友都喜歡拿她的耳朵作文章，有時拉著她的耳朵取笑：妳這個小招風耳。

　　為了這對招風耳，我的確很煩惱，她本來就是內向又好強的孩子，平常見了生人不理也不打招呼，也不和其他的小朋友玩，一整天黏在我身邊，緊張的時候就吸大拇指。上幼稚園的時候，常看她在教室不聽老師上課，不和小朋友玩，自己在角落，面無表情地吮著大拇指，老師甚至找我去談話，懷疑她有自閉症。

　　一天我們一起看了一部卡通叫《小飛象》，小飛象

68

有一對很大的耳朵，在馬戲團裡不但象媽媽常被取笑，牠更是常受欺負，但後來因為牠的大耳朵會飛，反而一炮而紅。從那天以後，我就叫她小飛象。被別人戲弄時，我總是用小飛象來安慰她，甚至模仿卡通裡的動作，我們真的是小飛象母女。

現在，我可以驕傲地說，我的小飛象真是一飛沖天。無華小學五年級下學期在美國念了半年，那時她連英文二十六個字母都不認得，天天在 ESL 裡混。小學六年級跟我回到台灣，每天寫功課時就一邊寫一邊看電視學英文，她看 HBO 把自己當成劇中人，參與對話，這不但得要全盤了解劇情，還要了解劇中每個人的個性才能答出同樣的話來；她也聽英文歌，自己把英文歌翻成中文，再對照唱片公司翻譯的版本，到後來她的文字比專業的還精確優美。再回到美國念七年級時，爾灣的學校沒有 ESL，她不但和外國孩子打成一片，英文課和人文學，都在榮譽班。而到目前為止，我認識的中國孩子，英文有比她好的，中文也有比她好的，但是沒有一個英文、中文都比她好，甚至是雙雙。雙雙的英文和無華差不多，有些常用俗語還比她知道得少，至於中文，雙雙是念到高一的，反倒比無華差。

69

　　無華優異的表現還不止於此，七年級下學期時，她的人文學老師和數學老師同時發現了她的特殊才華，兩人聯合為她單獨開一堂課，每天中午她比別的同學提早十分鐘下課，不用排隊先吃午餐，老師就利用午休時間給她上課。這個課程很特別，是關於數學、顏色、語言和空間的關係，有易經、三角函數、風水、微積分、發音和拼圖——母親在世時就發現無華的特殊拼圖才華，那種小孩子玩的五十片拼圖，她兩歲時就可以在幾分鐘內拼出來，現在她一千片的拼圖也不過用十二、三個小時。老師告訴她，三年前有個波斯人發明了這個課程，得到了諾貝爾獎，現在全美不到十個人在學習這個課程，而她是當中年紀最小的，雖然不能保證學了這些東西將來就會有什麼成就，至少對她的思考邏輯很有幫助。另外圖書館老師也很喜歡她，每天放學要她去圖書館看一個鐘頭的書，老師會特別整理一些書刊雜誌讓她閱讀。對於這點我一直都很自豪，因為我和老劉都愛看書，無華在小學三、四年級時就看完了金庸、張愛玲，還能和我的作家表姊康芸薇討論。在台灣時，我們母女倆每個星期六都窩在誠品，我准她每星期買一本書和一張 CD，可以不買 CD 買兩本書，但不可以買兩張 CD 不買書。

70

八年級時無華的全部課程都拿榮譽課，那時學校裡全拿榮譽課的有五十二人，稱作 all star。到了八年級下學期全校只剩三個 all star，而全橘郡的 all star 也只有十六人，她是唯一的女孩子（當然有很多女孩子是因為體育不能進榮譽班而無法成為 all star）。

雙雙從小就乖，人也老實，所以給人的感覺是腳踏實地一步一步來的，無華的成長過程比雙雙坎坷多了，今天這樣，我真是感謝老天。

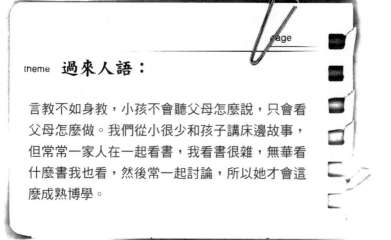

theme　**過來人語：**

言教不如身教，小孩不會聽父母怎麼說，只會看父母怎麼做。我們從小很少和孩子講床邊故事，但常常一家人在一起看書，我看書很雜，無華看什麼書我也看，然後常一起討論，所以她才會這麼成熟博學。

71

老劉是家中的支柱

　　結婚二十多年，老劉的事業起伏不定，我們的日子
過得時好時壞。我娘家的成員幾乎都是公務員，對於老
劉這種自己沒什麼資本還要做生意的思想和行為都極不
贊同。移民來美前一年，建築不景氣，好強不認輸的他
栽了一個大筋斗，之後不再有合適的工作。雖然他一直
努力地想東山再起，但時不我予，人還是扳不過勢。父
親對他非常不諒解，認定他是不切實際、好高騖遠的
人，不但自己勞而無功皓首無存，還拖累了老婆孩子，
也很不甘願雙雙這麼好的孩子，竟然有我和老劉這種父
母。每次父親誇獎雙雙，總會下相同的結論：「這麼好
的孩子讓你們糟蹋了。」我自己是個神經和線條都很粗
的人，天天跟著老劉坐雲霄飛車並不是很在乎，對於父
親的責罵聽完就算。只要日子過得去，寬一點、緊一點
無所謂，夫妻之間雖然難免爭吵，感情還算穩固。

　　來美後我們先在姊姊家落腳。父親聽說我們一家子

72

人只帶了五千美金就敢移民，又著急又怕，他不知道我
們往後日子要怎麼過，當然也怕我們就此賴在姊姊家。
他的情緒很不穩定，脾氣也急躁，每天姊姊和妹妹去上
班，孩子們去上學，家中剩下我們三人，父親就無法控
制自己，不斷重複說著一些令我和老劉很難堪的言語。
從我小時候不好好讀書開始，到我們當年不肯做公務
員，堅持自己做生意，現在賠光了老本還不懂得為日後
打算，然後又自問自答地說不知道我們要在姊姊家住多
久吃多久，我們也不應該在此白吃白住，要分擔家事，
然後就指揮我們做事⋯⋯。

　　起初父親只是在家中無人時私下講講，還替我和老
劉保留一點面子，後來講多了、講久了，他自己都失控
了，每每當著我的姊妹及晚輩面前也數落不停。有一回
講得太多太久，雙雙聽到後來哭著頂撞他：「你要我爸
怎麼樣嘛？他五十歲的人了，第一次來美國，才幾天，
你為什麼不給他一點時間？天天這樣子沒完沒了地講
他。」雙雙哭得很慘，妹妹都在一旁默默拭淚，我和小
無華則用充滿怒火的眼睛看著這一幕。從父親第一次數
落老劉到老劉找到工作離開姊姊家，他都是沉默地聽
著，沒有回過一句嘴，即使當時女兒哭了，他還是沉默

73

以對。

然而父親對老劉只是翻些陳年舊帳來數落他，對我還有更嚴厲的責備，甚至順手就捶了下來，幾乎每天都是他罵完，我哭著衝回車庫旁的小房間。我每次哭，老劉都會緊緊地抱住我，安慰著說：「沒關係的，莉民，我很快就會找到工作，我什麼苦都可以吃，什麼工都可以打。我還會去考試，我們一定能自食其力。」

現在回想起來，當時那麼傷心、怨恨，摻雜了太多情緒。以前糊里糊塗過日子，第一次感到前途茫茫，心中的惶恐，難以言喻。人說英文不好，不會開車，來到美國是又瞎又聾又跛。美國實在太大了，剛踏上這麼大一塊土地，那種虛浮空洞的感覺滿可怕的。

74

我們姊妹感情一向很好，是姊姊簽了生活保證我們才能來美國，大弟小弟剛移民時先後在姊姊家落腳達兩年之久，我心中認定我也一樣，也有充裕的時間站穩腳步，雖然我和父親的關係一向不是很好，也不至於會嫌棄我們。沒想到父親竟一口氣把我的面子裡子扯得光光，好像一個在波濤洶湧的海中漂浮的人，被抽掉了手

老劉對我說：「我什麼苦都可以吃，什麼工都可以打。我還會去考試，我們一定能自食其力。」

中最後一塊木板，在老劉面前也很難堪。尤其母親在世時對我很支持，她認為女人若沒娘家支持，在婆家會受氣，現在父親竟對我和老劉這樣……再加上無華的問題也漸漸凸顯，裡裡外外一大堆事煎熬著我。如果當時老劉忍無可忍地頂撞了父親，或者對我落井下石，我想我不自殺也發瘋了。

我們一月底抵美，剛好趕上美國二〇〇〇年戶口普查，老劉考上了戶口普查員，雖然待遇不是很高，總算有了起步。之後他又去參加教師及各種職級的公務員考試。那時他還沒車，要別人送，為了在上班之前把他送到考場，往往考試九點開始，他五、六點就到了考場；有時來不及吃早餐，到了考場附近又沒有商店；洛杉磯早晚溫差大，早上很冷，他自嘲地跟我說：「我怎麼會

75

在美國這麼富裕的國家挨餓受凍？真是太離奇了。」離奇的事還不止於此，七月時老劉考上橘郡政府公務員，職位是電腦繪圖員——我和他兩個老人家在台灣時根本都是電腦瞎子。本來他的工作是臨時性的，但他工作認真，政府又派他去受訓學電腦，經過考試，終於在第二年九月成為正式任用的公務人員。這個工作不但穩定，還有很好的醫療保險，全家人都有保障。

搬來爾灣兩年，無華的身心都有健康的發展，我最掛心的事都完全解決了，可以無牽無掛地在台灣做自己的事。一年返美兩次，每次回來就做一些大家愛吃的菜打打牙祭，和老劉到處逛逛。老劉也很樂意開車載我這個又聾又瞎的老婆回娘家，父親仍然會對他講古，他還是靜靜地聽，直到父親講不動為止。

theme　**過來人語：**

大樹要移植，不但要先放根，移過去至少要五年才能適應新環境。人也一樣，新移民至少要有五年適應期，才能在新環境站穩腳步，並不是準備好生活費就足夠了，還要在精神上能夠調適。有個ＦＯＢ媽媽說：「我們家兄弟姊妹感情那麼好，但剛來時，和他們相處都難免有心酸難堪的時候。真是不能指望別人，一切都要靠自己。」這話真是如人飲水冷暖自知。

77

白癡爸爸天才女兒

　　雙雙看了一部西恩潘主演的電影《我是山姆》（I'm Sam），內容描述一個智障男子山姆，和一個無家可歸的女人生了一個小女孩，小女孩一出生媽媽就棄她而去，由山姆自己把孩子撫養長大。西恩潘把一個智商只有七歲的男人演得入木三分，從餵奶、換尿片、送孩子上學、和社工人員打官司爭取孩子的撫養權……，給人感覺既真切，又深刻。在雙雙大力推薦下，我們全家又一起看一遍，我和雙雙看得一把鼻涕一把眼淚，老劉和無華則在一旁打打鬧鬧，互相取笑。無華不斷地發出驚嘆和嘲笑：「爸爸這好像你。」老劉也說：「我是山姆。」之後有一回老劉出門忘了帶鑰匙，無華不肯開門，要通關密語，老劉說了一大串：小寶貝、小乖乖、芝麻開門、爸爸愛妳……，她都一骨腦搖頭，最後老劉說：「我是山姆。」無華才放他進來。既然老劉自己都承認了，無華就叫他「白癡老爸」。

平常老劉帶著無華住在爾灣，我自己台北南加州兩頭跑，雙雙又在北加州，一家人分散三地。當初找房子，原希望能和我的姊妹住得近一點，但是老劉考慮附近沒有好學區，環境也較雜；後來為了給小無華療傷止痛，我們除了要給她一個好環境，最好也離外公遠一點，可以少來往，自己過自己的。

Teen-age 的女孩，沒有媽媽在身邊照顧，跟著爸爸就已經令人夠掛心的了，何況無華又是個早熟多感的孩子。我自己和她相處就是小心翼翼費盡心思，既怕傷了她，又不能讓她抓到把柄有機可乘，向我勒索溺愛和驕縱。老劉是個少根筋的男人，把一個古靈精怪的 teen-age 女孩和無俚頭的爸爸放在一起生活，怎麼讓人放心？

79

老劉在橘郡政府上班，一週工作四天，每天十小時。我和無華在台灣時，他向一家泰國華僑分租了一個小房間，平常深居簡出，到了假日就帶著地圖、指南針、乾糧和水，在他上班三十分鐘車程以內的地區繞，看學校、看環境，最後選擇在爾灣市落腳。那時他寫信告訴我，爾灣這個小市鎮有十四萬人口，亞裔占二成，

以日僑居多，是由爾灣公司開發的，有三十年歷史。社區內治安良好，除了美國政府的警察，還有爾灣公司的保全人員，是其他地區的雙倍警力，社區居民為中產階級和高級知識分子為主，客氣有禮貌，住在這幾乎可以夜不閉戶；社區道路四通八達，人車分道，還有腳踏車專用道，行人安全，開車輕鬆，找路容易；社區內有南湖和北湖兩個人工湖，可以釣魚、划船、騎水上腳踏車，沙灘上可以做日光浴、烤肉、打排球……。我們沒有能力給無華像聖瑪利諾那樣的豪宅，至少讓她後半段的童年有些愉快健康的回憶。

　　因為牽掛，我幾乎每天都和他們通電話。有時聽到無華不耐煩地說：「Okay, okay！」心裡好笑，平常我拿她沒辦法，拗不過她時都說：「好把！好吧！隨便妳。」現在是她拗不過老劉。她也常常撒嬌地說：「媽媽我好可憐，爸爸虐待我。」「媽媽，阿弟煮的東西好難吃喔！」「媽媽 Frankie 煮噁心麵給我吃。」「媽媽我好像孤兒帶著一個智障弟弟。」等等。但如果我問老劉：「你和小無華過得怎麼樣？」他一定說：「很好啊，很健康，很快樂。」我要他多遷就無華一點，他會說他很疼她很愛她，但是不溺愛她，還洋洋得意地說：

「妳看，她叫我 Frankie ，我們就和朋友一樣。」天高皇
帝遠，我也管不了那麼多，他們父女倆好就好了！

　　老劉下班回來會帶著無華打排球、躲避球、溜滑
板、丟飛盤……；她嫌他煮的東西不好吃，他會叫她煮
給他吃，也會買些她喜歡吃的食物或帶她去逛街、吃吃
零食，也買些沒用的小東西，滿足她小女孩的虛榮心。
半年後我回來時，看到瘦弱的小無華黑了、高了、胖
了，變得又健康又結實，問起她和爸爸相處的情形，仍
然是一堆怨言──當然撒嬌成分居多。最後結論是：
「好累哦！和妳在一起妳講理講不過我，也魯不過我，
我說什麼妳最後都會答應。阿弟講不過我時就亂掰，我
又掰不過他又魯不過他，真慘！」我心裡暗喜，心想妳
這個鬼丫頭，總算有人治妳了！

　　小無華生日時，老劉要她自己寫下她的優點和缺
點，讓我驗收他這一年單親爸爸的成績單。就像山姆在
和社工人員爭取女兒監護權時，他的辯護律師說過：
「無論是多有成就多有學問的人，即使是教育專家，在
教育自己的孩子時，也會有挫敗無力感，也會覺得自己
像個智障；反過來，即使父母沒什麼知識、見識，不夠

聰明，但只要對孩子有愛心和耐心，仍然可以把孩子教養得很好。山姆雖然只有七歲的智能，但他這個爸爸做的比起專家學者也毫不遜色。」以前一直不放心，也常說自己是三個孩子的單親媽媽（兩個女兒和一個老兒子），現在我反而慶幸無華有一個像山姆一樣的爸爸。

theme **過來人語：**

任何事情都是越單純越好，有些時候孩子的思想
很簡單，只是我們大人自己想複雜了。老劉就是
用愛心、耐心及最簡單的思考模式來對付無華。
其實對小孩這樣就夠了，單純的小孩本來就要這
樣對他們，而對於複雜的小孩，你不懂他的複
雜，他也沒輒。

南加州的 FOB 媽媽

　　陪無華去註冊，半路上她正經地跟我說：「等下到了學校門口，我們就不要牽手。現在的小孩子都很酷，不喜歡黏大人，別人看我們這樣就知道妳是 FOB 媽媽了。」到了學校，另外兩組 FOB 媽媽也帶著孩子來註冊。排隊時女孩摟著媽媽，一會兒摸摸頭髮，一會兒親親抱抱；另一個男孩子更黏，面談、填資料時和媽媽擠在一張椅子上，幾乎是坐在媽媽身上。看到這種情形，我對無華說：「妳看人家和媽媽多親，有什麼好丟臉的，妳是不愛我，還是怕別人知道妳愛媽媽？」她聳聳肩說：「妳看好了，要是下學期註冊他們還是這樣子，我隨便妳。」

　　洛杉磯郡的華僑可分成三類。在市中心中國城的大部分是老華僑，雖然多是廣東人，卻不一定來自香港，以東南亞的越、柬、寮地區居多，他們的祖先很多是支

84

持國父革命的海外僑民，世襲下來仍為死忠的國民黨。
另外一類，是二、三十年前來美的留學生，他們居住的
區域比較分散，有些人住在華人區，有些已融入西方主
流社會，孩子們都是 ABC，會不了幾句中文。第三類
就是我們這些新移民，所謂的 FOB，來自香港的大部
分是九七大限前的移民，來自台灣的則是有感於從經國
先生去世後，治安漸漸壞了，還有現在經濟衰落，對台
灣經濟環境失望另謀出路的，於是陸陸續續，一波接一
波地來美。另外最近幾年大陸改革開放後，俗稱「老共」
的 FOB 也越來越多。

　　許多 FOB 都是媽媽帶著孩子，爸爸留在台灣或大
陸賺錢。FOB 媽媽在洛杉磯的生活和台北差不多，也
承襲了台北八婆的特性，沒事就聚在一起逛街、打牌、
喝咖啡聊是非。她們彼此互通消息，互相安慰，互相較
勁，比老公會賺錢、比孩子會讀書……。當然她們也有
辛苦的一面，留在這裡，主要任務就是照顧孩子，不但
要努力學習英文，參加孩子們學校舉辦的各種活動，還
要做司機媽媽，每天接送，帶孩子學習各種才藝。我聽
過一個最高紀錄的 FOB 家庭，每個孩子學七、八樣才
藝，從英文、演說、鋼琴、溜冰到畫畫、書法……應有

盡有。還有一間南加州學苑，英文簡稱 ACI，完全是台北補習班的翻版，可以補英文、數學、物理、化學……所有的學科，每個 FOB 媽媽都會帶著孩子去那裡報到。

不僅如此，FOB 媽媽們把台灣拚聯考的精神在美國發揮得淋漓盡致。最熱門的聖瑪利諾高中（San Marino High）是洛杉磯郡首屈一指的公立高中，幾乎所有台灣來的 FOB 都往該校擠，使得當地的白人小孩因怕與老台競爭而越區去就讀其他較差的學校。在聖瑪利諾市旁的阿凱迪亞市（Arcadia），被稱作「洛杉磯的小台北」，也就是我們在台灣就知道的那個「恁講台語嘛也通」的城市。阿凱迪亞高中（Arcadia High）本來很差，在 FOB 媽媽們的大力推動及孩子們的努力之下，已經晉升為洛杉磯郡排名前三名的學校。誰說教育是百年樹人的工作？台灣來的 FOB 們幾年內就把整個學校改頭換面了。FOB 們的影響力無遠弗屆，我居住的爾灣市，最出名的大學高中（University High）也是很好的學校，近幾年因為亞裔——由台灣人帶動，加上越南、日本、韓國人的努力，功課拚得很厲害，當地的白人小孩也怕怕，已有人開始越區就讀——我們越區就讀

的目的是想擠進較好的學校，而美國人卻是怕在好學校競爭激烈影響孩子的人格發展，長大後沒自信。現在大學高中也成為橘郡首屈一指的公立高中，和洛杉磯郡的聖瑪利諾高中一南一北稱霸南加州。

　　美國人送禮，有個不成文的規定，以不超過十美元為原則，FOB媽媽才不管呢，只要為孩子好，黃金、水晶、玉石或是蘭蔻、亞頓、迪奧等名牌化粧品禮盒……，一出手就是數百美元。本來FOB媽媽對老師送禮豐厚，對學校捐款也很大方，但是學校的捐款單如果真要應付的話，在美國念公立學校的花費，可不比私立學校便宜，每天都能收到各種名目的「不樂之捐」，令人十分厭煩。因為FOB們都用現金買東西，很少刷卡，所以校方想出三方受惠的辦法，學校用折扣向各商店買禮券，再以全價賣給家長。老美用刷卡，信用卡公司有累積點數可換禮物或現金回饋，用禮券就沒有這項好處了，但反正FOB本來就都用現金，所以沒差。走到華人超市，你隨時可以看到中年婦女用禮券在付帳，大概就是FOB媽媽了。聖瑪利諾高中統計，該校一年賣禮券盈收在三萬美元上下（禮券折扣僅三～五％），可見FOB媽媽的消費能力有多高。

　　第一個與中共建交的美國總統尼克森，曾在演說中提出世界上最聰明的是黃種人，而黃種人又以中國人最聰明，所以他的政策要與中國人和解、交朋友。當年台灣的經濟奇蹟也令世界各國大為震撼，還有人稱作「黃禍」。近年來中國人在美國各行各業嶄露頭角的越來越多，再過十年 FOB 們長大了，即使沒到達層峰，至少也是美國的中堅分子。推動搖籃的手，就是掌握世界的手，FOB 媽媽對美國的貢獻良多。

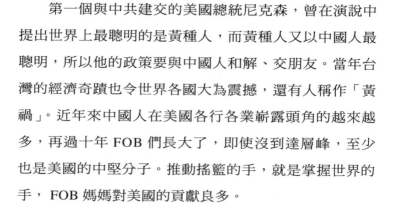

注：

1. FOB 即 fresh off board，指剛下船的新移民，也有點暗示土包子的意思。但現在沒有人是坐船來美的，所以也有人稱 FOP，fresh off plane。

2. ABC 即 America born Chinese，指在美出生的中國人，俗稱「香蕉」，因外黃內白。

3. UC 系統的學校有八所，最有名的為 UC Berkeley（柏克萊）及 UCLA。申請 UC 系統的學校第一個條件是成績要在全美高中生排名前五％，申請人當中約四分之一得到柏克萊及 UCLA 的入學許可。

4. 聖瑪利諾高中應屆畢業三百多人，近百人進入柏克萊、UCLA 及長春藤等名校。

5. 阿凱迪亞高中應屆畢業八百多人，也有近百人進入柏克萊、UCLA 及長春藤等名校。

89

光身子睡覺的爸爸

　　記得我小時候，很愛跟媽媽睡，可惜家中五個孩子，我又排行老二，怎麼樣也輪不到我。只有星期天早上，孩子們都跑到爸媽房間，在大床上和媽媽窩一窩。所以雙雙小時候只要她說：「媽媽帶我睡好不好？」我一定帶她。我不常跟她講床邊故事，倒是常常聽她講她的事。她也喜歡我在睡覺時拍拍她的大肥腿。為了帶她睡，我還訂了一條特大號棉被，供三個人蓋，一直用到現在。

　　老劉晚上睡覺就是不愛穿衣服，叫他穿睡衣，他還振振有詞地說他的皮膚要呼吸。因為我是做養生的，他就找了一篇有關裸睡好處的報導，我只好由著他了。後來孩子漸漸大了，又是女兒，雖然是在自己房間，我總覺得不太好。無華還好，早上起來，要到我身邊來窩一窩時，會先敲門，進來後就躺在我旁邊的被子上。雙雙

比較莽撞，也不敲門，進來就往被窩裡鑽，弄得我緊張
兮兮，早上醒來，聽到聲響就叫老劉趕快穿衣服。

　　有一年夏天，老劉洗完澡光著身子趴在床上做體
操，我和小無華在客廳看電視，雙雙大概以為房間沒
人，要進去找東西，一開門，老劉嚇了一跳，雙雙也大
叫著用力關上房門。事後她竟然問了我們一個傻問題：
「爸爸為什麼不穿衣服？」老劉輕鬆地說：「不然妳們
是怎麼生出來的？」

　　其實我們對孩子的教育（包括性）一向都是順其自
然，採取機會教育。無華剛出生時，在醫院餵奶，我特
別要求護士給雙雙一件消毒衣服，讓她也進到哺乳室，
看媽媽餵妹妹吃奶，也告訴她，她小時候也是這樣餵
的。看到妹妹找不到奶頭張著嘴好急的樣子，她笑到不
行，我說：「妳小時候也是這樣。」其他的媽媽看到我
們母女，都好羨慕。

　　有一回台灣水荒，我和老劉帶著雙雙和無華一起洗
澡，那時小無華還口齒不清地跟小朋友說：「我媽媽是
大饅頭，我姊姊是小籠包，我是白葡萄乾，我爸爸是黑

葡萄乾。」後來孩子大了，我才沒有帶她們一起洗澡。
當雙雙和無華第一次來月經，我就帶她們去中藥房，配
一付「轉大人方」燉小母雞給她們吃，也告誡她們，來
月經時不可以洗頭，不可以吃生冷食物，不可以拿重
物，也陪她們去選衛生棉，也告訴她們衛生棉條的用法
……。

轉大人方：

　　澤蘭、九層塔、牛七、桂枝、相思、紅花、雞內金、川
松、桔梗、竹如各一錢半、西洋參三錢、黨參二錢，男孩燉小
公雞，女孩燉小母雞。

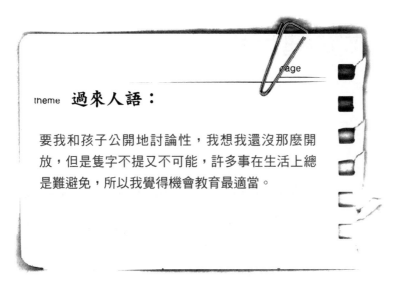

theme **過來人語：**

要我和孩子公開地討論性，我想我還沒那麼開放，但是隻字不提又不可能，許多事在生活上總是難避免，所以我覺得機會教育最適當。

93

我愛翹臀珍

　　第一次幫雙雙換尿布，看到她粉嫩圓滾滾的小屁股，覺得好可愛，心中好喜歡，自那以後，兩個女兒的小屁股，經常會被我情不自禁地捏一把、拍一下。每次侵犯她們的屁股，兩個丫頭的反應也不同，雙雙總逆來順受，抱著「媽媽，只要妳喜歡，怎麼樣都可以」的態度。無華心情好時就算了，心情不好時就會大嚷大叫地跑開。

94

　　青春期的孩子，對周遭的事物都不滿意，再好的事，她們都可以挑出毛病。雙雙總是攬鏡自憐，為什麼腿這麼粗，屁股這麼大，醜死了，胸部這麼小，一點魅力也沒有……，看她沮喪的樣子，我也不知道怎麼安慰她。她又天天纏著我問東問西，我也翻書、找偏方，想辦法替她下半身減肥，替她豐胸，幫她治痘……，還好發明了大乃寶，身材問題解決了一半，但關於她的大屁

股、大肥腿，始終沒辦法解決。

有一回在家裡看電視，是一支臀部的專題報導，一個多小時下來，看到的盡是胖子、瘦子、大的、小的、平的、扁的……和許多名人如瑞奇馬汀、布蘭妮、克麗絲汀、珍妮佛羅培茲（J-Lo）的屁股在螢光幕前又扭又晃。令我靈光一現的是，翹臀珍的大屁股大肥腿，竟然還成為美國的第一美臀。趁此機會，我就跟她們洗腦：「妳們看 J-Lo 的腿比妳們都粗，屁股也好大，還美得很呢，你們有什麼好妄自菲薄的？」我一再強調，結結實實、翹翹的臀部就漂亮，大小不是問題，何況大屁股是宜男之相，將來是正宮娘娘命，可以坐大位，不會做小老婆。說了一大堆，不時地耳提面命，終於讓雙雙恢復了自信。

95

現在雙雙也敢穿緊身牛仔褲，自信滿滿地秀出臀部線條，無華在學校還有人說她的腿很像 J-Lo ，羨慕得很呢。所以我常說感謝 J-Lo ，感謝美國這個開放多元化的社會，讓我的女兒拾回她的自信。

美國滿街的胖妞，穿著細肩帶上衣、低腰褲。有個

FOB 媽媽跟我說：「這些胖妞身材這麼差，也敢露，真奇怪。」後來又說：「奇怪，看慣了這些女孩子露肚子、露奶的穿著，也不覺得難看了。」我覺得是因為她們自信滿滿、落落大方的態度，讓妳覺得也沒什麼不好。真的，自信就是美，你覺得呢？

theme **過來人語：**

page

不管男孩、女孩，在青春期都會對自己的身材、
臉蛋、外觀不滿意，等到談戀愛時，情人眼裡出
西施，那時候自信就來了。

97

找個好男人上床

　　大學時和朋友開車出去玩，一個緊急煞車，我嚇得大叫，看到我嚇得臉色發白，大夥都哈哈大笑，朋友還打趣說：「王莉民現在還不能死，她人生最快樂的事還沒享受過。」那時候大學生有性經驗的大概占兩三成，由於社會風氣保守，大家對於婚前性行為還是有點避諱。

98

　　平常姊妹淘在一起，免不了會談到性和愛情。我在學校屬於活潑好玩一族，周圍的朋友都很大膽，敢說敢做，還有人為婚前性行為找了一個合理的解釋，認為靈肉合一天經地義。但是我家裡管得比較嚴，求學在外一定要住宿舍，因為住校外，父母天高皇帝遠看不見、管不著，交了男朋友，時間一久，很容易擦槍走火。我自己膽子也很小，有時候和男朋友親熱一點都會有罪惡感，好像對不起父母似的。

　　大學畢業做事兩年後，在適婚年齡認識老劉，交往一年，大家都覺得差不多了，就結婚。婚前他表現得成熟穩重，安分守己，我還以為押對寶了。婚後或許是他要對以前的花心找一個合理的解釋，竟然跟我說，他認為一個男人無法滿足女人，一個女人也無法滿足男人。我心裡有氣，什麼話嘛，根本就是吃定我──婚前我不敢，婚後我不敢別人也不敢。我問他：「那我可不可以外遇？免得遺憾，反正你已經玩過了。」他說婚前的事我應該既往不究，至於現在呢，他竟然大言不慚地說他是異數，他以一當百，變化萬千，不會讓我遺憾。哼！假民主。這叫民主沒雅量，獨裁沒膽量！

　　送雙雙去上大學，我最後交代她一句：「如果有機會的話，找個好男人上床。」她聽了又羞又窘，大叫著說：「媽媽，妳怎麼這樣，哪有媽媽這樣的？」是啊！哪有媽媽這樣的？我自問，好像沒什麼錯，又隱隱約約覺得不太對。我問老劉：「我叫雙雙找個好男人上床到底對不對？」他的回答倒是滿中肯的，他說如果把貞操擺在前面，媽媽對女兒說這種話就太離譜了，但如果當作人生的經驗，而且同年齡的人大部分都有這樣的經驗，能碰到合適的人、合適的環境，也無不可。

99

　　雙雙打工的主管亞蒂是一個二十五、六歲的年輕女子，雙雙把我勁爆的理論跟她討論。她告訴雙雙，她在高中時就有性經驗，但是她現在有一個很要好的男朋友，將來打算結婚，他們現在約定，都不做愛做的事，要留到新婚之夜，當作彼此的禮物……

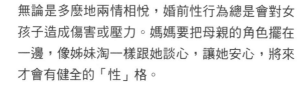

theme　**過來人語：**

無論是多麼地兩情相悅，婚前性行為總是會對女孩子造成傷害或壓力。媽媽要把母親的角色擺在一邊，像姊妹淘一樣跟她談心，讓她安心，將來才會有健全的「性」格。

初戀滑鐵廬

到柏克萊的第一堂課，雙雙就注意到一個又高又帥的金髮男孩。當天打電話給我，說天文學課上有個帥哥，叫馬丁。我只是隨口說了一句：「好啊！妳要是喜歡的話，想辦法引起他的注意囉。」她要我支持她，做她的狗頭軍師，於是母女倆就展開了一連串獵心行動。

我的想法很簡單，不管雙雙是真的喜歡馬丁，對他一見鍾情，還是情竇初開一時發花癡，都要讓馬丁先喜歡上雙雙，主導權操之在我，之後再做計畫。用的方法也很老套，分組討論時故意和他一組，下了課假裝功課不會向他討教、借講義，考試前邀他一起讀書……。一切都進行得很順利，馬丁和雙雙成為無話不談的朋友，在功課上有互相鼓勵也有互相較勁，有時很多人一起，有時兩個人單獨一起上圖書館、吃飯、喝咖啡，只是沒有開始正式約會。

我這個狗頭軍師做得很成功，感到很得意，姊妹淘一起聊天，時常跟大家提起，誰知一說就反對意見一大堆。美菊認為雙雙是很純潔簡單的女孩子，由於我的介入，第一次談戀愛就這麼老練；菲姊說，雙雙還小，學業重要，大三、大四再交男朋友還不遲，而且白人可能有種族歧視，要先摸清人家的底；有些 FOB 媽媽說，以她們的經驗，孩子們小的時候各色人種還在一起玩，長大了漸漸有分別，如果第一次交男朋友就是白人，以後亞裔的男孩就不會要了；鴨子更離譜，她說：「王莉民呀！我們小的時候還要反共抗俄呢！妳怎麼叫女兒去交個俄國男朋友？我告訴妳哦，那種天氣惡劣、生存環境差的民族都很難搞的，雙雙那麼單純，小心吃虧喔！」聽她們七嘴八舌地說了這麼多意見，我心裡也覺得有點不妥，但是也不能太快改變態度，只好一邊繼續做軍師，一邊暗示她不要一頭栽進去，當作練習較好。

103

　　我開始要雙雙思考自己的感覺，是不是一時發花癡想交個男朋友，剛好馬丁的條件夠格？還是真的喜歡他？再想想他的優點是什麼？功課好，人帥，個性溫和？缺點是什麼？是不是已經昏了頭想不起來？後來雙雙告訴我她發現馬丁很深沉，有的時候講話做事的態度

也很冷酷。我趁機跟她說那種寒冷地方來的人,因為生活環境惡劣,要與天鬥,民族性都很強悍,而且深沉、自私。

就在學期結束前,馬丁終於開口,約雙雙到海邊去聽濤看星星。我心中正在憂喜參半,到底和他約會好不好?還在台灣乾著急的當口,雙雙來電說和馬丁吹了。他們一開始還滿有情調的,談談家人、談談功課,聊得也很好,後來馬丁講了他前任女友的故事。高二時馬丁就有一個要好的女朋友,因為種族的原因,雙方家人都反對,但他們仍然堅持在一起。高中畢業的暑假,女孩突然對馬丁說,她對他已經沒感覺了,以後不要再來往。馬丁不甘心,跑去問女孩還愛不愛他,女孩眼淚汪汪地點點頭。馬丁說:「好,那妳把我們不能在一起的原因從頭再講一遍。」女孩說完,馬丁竟冷冷地對她說:「現在開始,我們以後不要再見面,我不會來找妳,妳也不要來找我。」之後女孩仍有點不捨,打電話給他,但他一看到手機顯示女孩的電話號碼就關機,這也是他會離開家鄉來美讀書的原因之一。

說完這些事,馬丁又告訴雙雙,他現在只要讀書,

沒心交朋友，也不交女朋友，更沒有異性朋友，他認為和女孩子之間即使是純友誼也是浪費時間，而且有可能變質。雙雙問他知不知道她喜歡他？他說知道。雙雙又問他喜不喜歡她？他說並沒有特別的感覺。雙雙再問：「那我算什麼？」馬丁閃爍地說：「妳是妳呀。」聽到這裡我簡直氣炸了，這小子又絕情、又狡猾，之前對他深愛的女孩毫不放鬆，一定要扳回一城才罷休。既然不要交女朋友，連女的朋友都不要交，現在面對雙雙這麼善良純情的女孩子，幹嘛還要若有似無地對她，為什麼態度不明朗一點？後來他安慰雙雙說他們還是朋友，雙雙還有點高興，可是我覺得這話已經多餘了。

事後眾姊妹淘都說雙雙能全身而退就好了，身心都沒受到什麼傷，我這個做媽媽的保護女兒的目的也達到了。話雖如此，雙雙還是有點不死心，想要藕斷絲連。天高皇帝遠，這種事在電話裡怎麼也說不清，我只好叫雙雙去跟她的打工老闆兼好朋友亞蒂談談，當然也可以跟其他的好友聊聊看他們怎麼說。同學聽了她的故事，反應是：「妳怎麼這麼倒楣？第一次談戀愛就碰到這麼複雜的人，算了吧。」亞蒂肯定馬丁是個客觀條件看起來都很好的男孩，但最嚴重的問題是馬丁的內心是黑暗

105

的，雙雙是活潑開朗的女孩，個性不合適，而且這種不合適會讓雙雙很辛苦。她之前也交過一個這種類型的男孩，她花了三年的時間，付出了一切，最後只得到「後悔」兩個字。雖然亞蒂也肯定馬丁很喜歡雙雙，只是雙雙出現的時間不對，他的傷口還沒有好。和亞蒂長談過後，雙雙總算死心了，我也放心了。

事後我檢討，覺得自己的個性太直了，一聽到他的往事和不喜歡雙雙就氣昏了頭，立刻叫雙雙煞車，小女孩哪能這麼收放自如。亞蒂先肯定馬丁對雙雙的感情，保住了面子、裡子，再把自己的經驗告訴她，給她建議，雙雙聽完也就豁然開朗一掃陰霾。以前我覺得老外的嘴很甜，都說好聽話的，現在想想，正面的肯定也很重要。

theme **過來人語：**

有時想起來覺得自己把事情搞得這麼複雜好累喔，又要教女兒和馬丁耍心機，又要想辦法讓她離開這個老俄。不過回憶起年輕時很多朋友、很多事，今昔對照，印證一下也很好玩。

春風小花癡

　　西方有《少年維特的煩惱》，台語歌有《春風少年
兄》，有關男孩子在青春期對異性的好奇、敏感、仰慕
的描述處處可見。其實女孩子比男孩發育得快又早，許
多女孩的青春期都是在不為人知的單戀、暗戀及失戀中
度過。姊妹多的家庭還可以互吐心事，現代家庭孩子
少，如果媽媽沒有關心孩子的心事，或者，大驚小怪地
禁止、指責，對於她將來與異性相處的態度和觀念，都
有很大的影響，甚至影響到婚姻。

108

　　雙雙第一次暗戀男孩子是在國中，那一陣子發花
癡，天天纏著我說那個男孩的事，後來她考上北一女，
那個男孩念私校，接著又出國，也就不了了之。其實雙
雙是開竅比較晚的小孩，大部分時間在迷劉德華、王力
宏等偶像明星，只是偶爾有同學之間傳來傳去某個男生
如何如何，她大都沒放在心上。無華的花樣就多了，念
幼稚園的時候喜歡老劉的同事小吳。有一回小吳剝菱角

給她吃，她還說：「小吳叔叔，我想嫁給你，可是我十八歲的時候你已經三十五歲了，但是我現在跟你走，我爸媽一定很傷心，怎麼辦？」我把這件事當作笑談，跟姊妹淘聊天時當笑話講，她聽到了氣得大哭，我哄好久，發毒誓，再也不拿她開玩笑她才罷休。

來到美國，雙雙、荳荳和無華三個女孩都到了青春期，大概是風氣開放自由，小姊妹在一起，話題總是離不開男孩子，我也不干涉，姊姊平常不管家中的事，妹妹倒有點緊張，她還說好像發現有人在電腦裡上色情網站。家中來來往往那麼多人，也不能憑一紙電話費帳單就判定是丫頭們做了什麼，但萬一是她們做的，要怎麼跟她們說呢？還好天助我也！在報紙上看到一則新聞說某男子因為做入珠手術，在海關檢查時警報器一直響，我把這則新聞唸出來，又跟她們解釋什麼叫「入珠」，再告訴她們這些都是受害於色情書刊、色情網站上的錯誤性觀念，現在外面的各種色情資訊都太煽情，如果思想、觀念不夠成熟，看了以後會有很多不好的影響……。

109

一波未平，一波又起，青春期的感情世界真是麻煩

不斷。寒假兩姊妹到燕芬家去度假,與燕芬才八歲的女兒萱萱為了一個叫艾力克男孩發生了一些感情糾葛,雙雙和無華對艾力克都有好感,也以為對方喜歡自己,兩姊妹在討論時萱萱也不知在旁邊激動什麼。後來萱萱私下叫雙雙退出,說她念大學了,機會多得是,她要和無華公平競爭。雙雙打電話問我,我也叫她讓妹妹,我告訴她這種事在任何一個單身女孩子外出旅行的時候都會發生,但是假期結束了,也就船過水無痕,沒了。如果現在為了一個男孩子,弄得姊妹不愉快,不但不值得,將來一定會後悔。

雙雙聽了我的話,鼓勵無華和艾力克交往,誰知艾力克又頻頻向雙雙送秋波。每次出遊回來兩人就輪流告狀,妹妹說:「姊姊鼓勵我和艾力克交往,又一直和他講話把我扔在一邊。」姊姊說:「我都在避免,設法叫艾力克去找無華,可是,他跟無華講兩句話又跑來我這邊。」……聽得我頭都昏了,又鞭長莫及。我於是分析給雙雙聽,以艾力克的年齡當然是喜歡差不多大的女孩,怎麼會去喜歡那兩個小丫頭?大男孩對妳獻慇懃是正常,但是妳是姊姊要注意妹妹的感覺,不要冷落了妹妹。就這樣,雙雙想委曲求全,而無華不領情,認為艾

110

力克喜歡自己，姊姊是裝大方……，最後我就告訴她們
不准再吵了，兩姊妹為了一個認識一個禮拜的男孩就這
樣，將來還得了。沒想到小萱萱趁機要求燕芬，要艾力
克到餐館來打工，又和無華作祕密協議……，好在我和
燕芬都是來自姊妹眾多的家庭，都有過類似的經驗，否
則真是頭都昏了。

回來以後，果然，艾力克沒有消息，證明我所謂的
「船過水無痕」。事後老劉找了一捲錄影帶，描述一對雙
胞胎兄弟外出度假搶女朋友的故事，一家人有笑有淚地
一起觀賞，才總算擺平了。

111

page

theme **過來人語：**

在青春期時，很多人都有和姊妹同時喜歡上一個
男孩或和兄弟同時喜歡上一個女孩的經驗，我認
為不管對方有多好，親情第一，絕對不能讓手足
為外人反目，即使是爭吵都不行。

另外，孩子的青春期有早有晚，電視劇裡又有許
多夢幻愛情故事，我們不能阻止孩子作夢，但要
密切注意適時的引導。

113

生生世世母女情

　　常常覺得自己的一生乏善可陳，唯一欣慰的是兩個女兒和老公都不錯。婚前我不是很喜歡小孩，因為我是個沒什麼耐心的人，覺得小孩很麻煩。記得好友曼霖生她大女兒小芸時，去醫院看她，護士把小嬰兒給我抱，那種軟綿綿、活生生的感覺，真有點心驚膽戰。婚後三年才生雙雙，雙雙出生後，我變得很愛小孩，情不自禁地時時想抱她、刻刻看著她。很多過來人告誡：不要常抱小孩，養成習慣會一天到晚要抱；孩子睡時要趕快跟著睡，儲備體力……這些話我全拋在腦後，醒著忍不住陪她玩，睡了站在孩子床邊百看不厭。

114

　　雙雙上幼稚園時，我忍不住跟著她去上學，老師點名時，每個小朋友都應「到」、「有」，雙雙卻學小貓喵嗚回應，老師問：「劉無雙妳是小貓咪嗎？」她又喵一聲。自我介紹時，一般小朋友最喜歡的都是麥當勞、薯

條、炸雞，只有雙雙說她最喜歡的是「和媽媽親親抱抱」，老師好羨慕地說：「妳和妳媽媽都好幸福。」好長一段時間，我一直陶醉在雙雙的童言童語中。

　　無華小時候和我們一起接觸密宗，認識了一些轉世活佛，她聽了大寶法王和錫度仁波切累世互為師徒的故事，跟我說：「媽媽將來妳死了投胎做我女兒，我死了再投胎做妳女兒，我們生生世世母女情。」我感動得摟她在懷裡狠狠地親她。

雙雙和無華都說下輩子還要做我的女兒。

有一次我和老劉吵架，老劉氣得衝到我面前好像要K我的樣子，我一急就先發制人，把他的手咬流血了。當時我們都嚇呆了，老劉坐回椅子上看著他的手又狠狠地瞪我，雙雙哭著把我們兩個擁在一起，說：「不要吵架嘛，大家在一起親親愛愛地過日子。」我們三個都哭了。我平常嘴很硬的，不管誰錯，都不道歉，那天我跟老劉道了歉，也跟雙雙說對不起。那次以後，和老劉生氣時，不是他跑出去，就是我把自己關在房間裡。

每次老劉和我生氣就出去走走，雙雙都會追出去陪他，回來就沒事了。而當我氣得把自己鎖到房間裡時，小無華會把手從門縫裡伸進來，說：「媽媽過來拉拉手，不要生氣了。」看到兩個孩子這樣，我即使心中起了千百次的念頭想和老劉離婚，或者狠K他一頓，最後也都算了。

至今回想起來，老劉也沒什麼不好，對我和孩子都沒話說，唯一的死穴就是他的家人，我不能對他家人有一絲的不滿或是不順從他父母的意思。有個朋友跟我說：「兄弟如手足，妻子如衣服。」這話應在老劉身上令我感受最深。每次跟老劉生氣，跟姊妹淘抱怨時，她

們總說，只有老劉和小孩是妳自己家人，別人都是外
人，不值得為他們生氣。記住這句話以後，刻意避開雙
方家人，就很少和老劉吵架了。

雙雙和無華都說下輩子還要做我的女兒，老劉問我
下輩子還要不要嫁給他，我說不要！除非下輩子我是男
的他是女的，我才考慮要不要娶他，而且我會像他現在
對付我一樣，好好整治他。

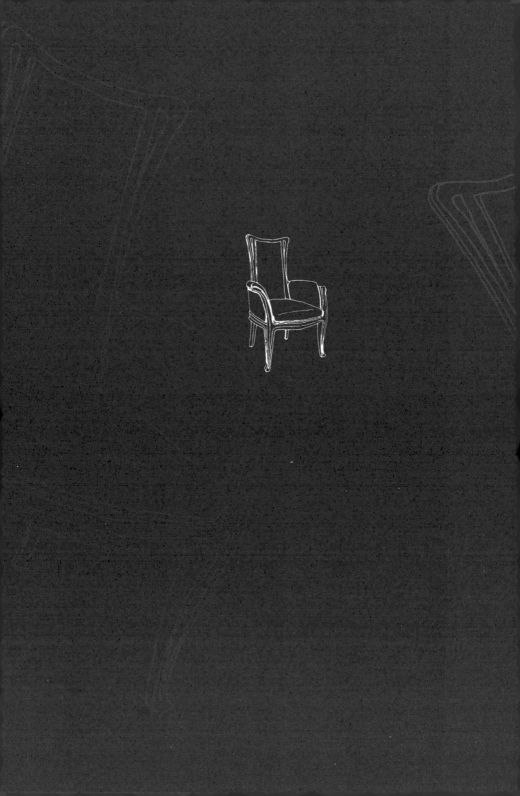

好，媽媽說完了，換雙雙說
劉無雙卷

我的三個媽

在我心中有三個全天下最偉大的母親，一個生我育我，另外兩個則是大愛無私地付出，對我的愛護和照顧無微不至，陪我度過青少年成長期最重要的人生階段，她們是我的大阿姨（媽媽的姊姊）和小阿姨（媽媽的妹妹）。她們教導我，完全是以身作則，在生活中潛移默化改變我的觀念和思想。

大概從三、四歲起，媽媽就會和我談心，說很多事。尤其在她不開心時，她總是說不能跟別人講，只能跟我吐吐苦水。雖說家家有本難念的經，我一直認定她拿到的是最難念的一本，一心只想幫她、保護她，希望自己快點長大，讓她在我的保護、溺愛下過著無憂無慮的日子。在許多大人眼中，我是媽媽的死忠派，護家護得不得了。大阿姨曾開玩笑地跟我說：「雙雙啊，大阿姨也很辛苦呀，妳怎麼只疼妳媽媽呢？她已經夠好命了。妳看她有我這麼勤勞、這麼努力嗎？她比我胖耶，

怎麼會比較辛苦呢？」外公、舅舅、長輩們也常常說：
「這個王莉民是怎麼教的，她女兒對她那麼忠心耿耿。」
或說：「王莉民真好命，女兒那麼護她。」不管別人怎
麼說，對媽媽愚孝、愚忠都無所謂，我就是很固執、很
主觀，心中只有媽媽，甚至連自己都可以沒有。

　　小阿姨沒結婚，在美國生活了近三十年，以她的收
入及各方面的條件能力，她可以選擇做單身貴族，可是
她選擇了和大阿姨同住，照顧一大家子。上有外公，下
有七個姪子、姪女和她自己的兄弟姊妹。為了下班回來
可以接送小孩，所以她清晨六點就出門上班，下午三點
回到家就忙個不停。到各學校接了孩子們回來之後，還
要洗衣服、整理屋子、買文具用品、日用品、跑銀行、
辦雜事……，到了假日更是比平常還辛苦。媽媽常說她
是一隻忙碌的小蜜蜂，她們兩姊妹在一起總是聽到媽媽
在說：「坐下來，坐下來，休息一下，××事有什麼大
不了，等下再做……。」她在美國二十多年，有十五年
以上的時間都在送往迎來。除了我們家和大舅舅、小舅
舅家剛到美國時在大阿姨家落腳，還有更多外公的親
戚、朋友或者他們的子女，只要和媽媽娘家有一點沾親
帶故的人來加州旅行、移民、洽公，都會來大阿姨家做

121

客，要小阿姨安排接送，把大阿姨家弄得像個大雜院。
小阿姨的朋友說她們二十一世紀在美國過著十九世紀中
國式的生活。平常大阿姨工作忙，沒時間照應家裡，這
些事都是小阿姨在做。有些外公的朋友年紀很大了，身
體又不好，住在大阿姨家，小阿姨還負責開車帶他們去
看醫生，媽媽勸小阿姨不要這麼勇敢，出了事沒人擔得
起，小阿姨把手一攤：「那怎麼辦呢？老爸找來的。」

形容小阿姨的生活，我只有「犧牲奉獻」四個字。
我不知道她把自己放在心中的哪個角落，她根本是個無
我的人，只是努力地在讓周圍的人過得很好、很幸福。
我們出去買東西，小阿姨做司機、付錢，我和荳荳、無
華或者再加上小舅舅的兩個女兒，一大堆女孩子，不同
年齡、不同個性，要買什麼給自己、給朋友，嘰嘰喳
喳，一片混亂，對媽媽來說這種情形根本是災難，小阿
姨卻能從小到大個個顧好，每個人都能開開心心平平安
安地到家。看到我們高興，小阿姨再累、花再多的錢也
甘心。可是對自己，小阿姨卻很節儉，有一次她要買內
衣，帶著我們一起去逛街，我們一路逛一路買，花了小
阿姨四、五百元，等到去買小阿姨的內衣，一件才比幾
年前漲了五毛錢，小阿姨就有點捨不得，不想買了。我

和荳荳實在過意不去,硬要她買了三件新的,她也不肯多買,只要夠換洗就好。所以我和媽媽常勸小阿姨要對自己好一點、多愛自己一點。

大阿姨呢,她是一個無可救藥的「助人為快樂之本」的信徒。姨父去世十幾年,她白手起家建立起自己的事業王國。雖然事業做得很大,她卻不是一個女強人。舅舅說她做那麼大的事業,骨子裡還是在擺地攤,公司裡沒有制度、沒有管理,什麼事都靠她一個人撐,沒有一個得力的助手,用了一大堆米蟲。的確有很多她的朋友、外公的朋友找不到工作,就到她那裡去打雜。我高中畢業那個暑假到她那裡去打工,發現一大堆人無所事事。問她為什麼要用這些人,她跟我打哈哈,說她那裡是「難民收容所」。問她為什麼這樣做,她說這是有錢人的義務和責任。媽媽聽到外公跟朋友說:「你放心來好了,我們管你吃住沒問題。」很生氣地說,外公在外面說大話,責任叫大阿姨承擔。但是大阿姨、小阿姨總說媽媽叛逆,外公和她們住在一起,許多人情世故是難免的。

123

形容小阿姨是犧牲奉獻,形容大阿姨呢,應該是

「大愛無私」，她努力工作，拚命賺錢，不是為自己，而是為外公和她的兄弟姊妹，及王家的下一代。雖然孀居十幾年，大阿姨仍是一個不折不扣的俏佳人，皮膚白白的，個子小小的，配上小鼻子、小眼睛、小嘴巴、小臉，又會打扮，仍然很俏麗。她很愛漂亮，也很愛打扮我們。我畢業舞會時，她動員所有的朋友，幫我從頭到腳改造一番，她要我像個女生，而不是 FOB ，更不是書蟲。在她的教導下，我懂得如何做個女孩子，她教我洗臉、擦保養品、化妝、修指甲、穿衣服和配件搭飾。我每次放假從學校回來，她早就準備好整套的化粧保養品給我。生活上我沒有想到的，她都為我想到，而且在百忙之中親自為我準備。

124

回想二〇〇〇年剛來美定居那時，起初還沒有體會到大阿姨、小阿姨對我的愛，也不認為她們會把我當作親生女兒一樣，有時還會頂撞她們，讓她們傷心。現在漸漸了解她們對我的愛和付出方式，只要能力所及，我一定要好好孝順她們、愛她們。有時也會想，她們那麼羨慕我對媽媽的愛護和孝順，那我也一定要努力回報同樣的愛給她們。雖然我對媽媽是天性，也是媽媽從小耳提面命，現在我要以這個標準當作模子，複製兩份一模

一樣的愛給她們。我相信我做得到，因為隨著相處的歲
月，她們對我的關心和愛，讓我感覺越來越深刻，對她
們和對媽媽的愛是一樣的，敬愛、崇拜和心疼。

我家的陽光男孩

爸爸總是說他只有十八歲,來美不到兩個月就找到
工作,一年半成為橘郡政府正式任用的公務員。我們說
他好棒、好厲害,他說因為他有一顆年輕的心和十八歲
的體力,喜歡接受新知識,勇於面對困難和挑戰,還有
足夠的體力奮戰到底。「培養體力奮鬥」是老爸愛玩的
藉口。五十二歲的老爸學太極拳、劍術,打得有板有
眼;玩衝浪,身手矯健地混在十幾二十幾歲的年輕人中
間,令人難以相信他已年逾半百。他是一個好動、愛嘗
新的大男孩。

126

雖然老媽常抱怨,她是三個孩子的單親媽媽。妹妹
有時叫老爸「阿弟」,說他幼稚,還笑他智障。老爸只
准我們說他是孩子氣(like a child)不准說他幼稚
(childish)。不管媽媽和妹妹怎麼數落他,我知道我們三
個女生都很珍惜這個童心未泯、永遠長不大的老爸。因
為父親的天真樂觀,為我們帶來很多樂趣,他用正面和

光明的思想、行為，帶我們一家走上光明坦途。

　　小時候，爸爸下班回來，媽媽在做晚飯時，他會抱我和妹妹坐在他腿上，當我們的「人肉沙發」，講故事給我們聽。那些小小孩子的童話故事，我和妹妹早就不愛聽了，他還講得津津有味，好像是在講給他自己聽。媽媽要他陪我們看連續劇，他嘴上說沒意義、浪費時間，被媽媽強迫著半推半就地陪我們，結果每次都比我們還入戲，笑得前仰後翻，用力地拍自己的大腿，大聲地罵劇情。媽媽說：「妳看看，妳看看，他多入戲。」到後來我們三人都不是在看電視，而是在看他。

　　妹妹比我好動，媽媽只喜歡做吃的、打扮我們，很少陪我們玩，所以爸爸成了妹妹最好的玩伴。他常陪她玩沙、玩泥巴，帶她爬山，到草叢荒地去探險，無聊的時候他們還會自己發明遊戲。我印象最深的是爸爸把自己擺成一棵樹，讓妹妹爬。這棵「爸爸樹」後來很多小朋友都愛爬，樂洋叔叔的女兒移民加拿大十多年，都還記得我們家的爸爸樹。

127

　　不過爸爸也有和妹妹玩得過火「凸槌」的時候。妹

妹兩歲半時，媽媽出去辦事，好熱好熱的夏天，下午兩點鐘的大太陽底下，我們全社區只有他們父女倆在盪鞦韆。晚上妹妹中暑發燒，爸爸不但被媽媽罵得很慘，媽媽還幫他們刮痧，兩個人脖子後面整片都刮成黑紫色。媽媽刮痧時，爸爸哎哎叫，媽媽就說活該，下手刮得更用力。

媽媽不管我們的功課，她說她功課不好，不會教，爸爸會讀書，有問題問爸爸。其實是爸爸比較有耐心。我幼稚園時，爸爸教我背九九乘法表，用很多積木，堆成一堆一堆的讓我數，三個五是十五，四個九是三十六……，而不是要我死背，我就在遊戲中學會了乘法。小學時候爸爸也陪我做科學展覽，雖然沒得名，我還是感謝他陪我們一起成長。

我們剛到美國時，住在大阿姨家。放學回來常看到媽媽哭得眼睛、鼻子紅紅的，爸爸總是想辦法讓她開心起來。陪她拉拉筋、伸展伸展，背對背揹揹她，讓她吐吐鬱氣，還帶著我們側著身子小跑步（skip）。爸爸說他看到書上說做這種運動心情會不自覺地愉快起來。真的，我們一家四口在萊西公園的大草原上 skip，我心裡

充滿了幸福、快樂。媽媽從來不運動，現在她心情不好
時，就會 skip 。

　　最好玩的是爸爸幫媽媽按摩，揉揉頭，揉揉脖子，
揉著揉著就玩起媽媽的頭來了。然後他就獨創了雙簧木
偶戲，他一邊講故事，一邊把媽媽的頭搬來搬去，扯媽
媽的臉扮各種鬼臉，還找了大阿姨、小阿姨和荳荳來
看，大家都笑到不行。

129

爸爸總是說他只有十八歲。

　　我們翻出爸媽以前的照片，都驚豔地說：「媽媽妳以前好漂亮，爸爸好ㄙㄨㄥˊ，妳怎麼會嫁給爸爸？」媽媽會對妹妹說：「為了生妳這個小怪物啊！」私下對我說：「我做事不積極，人生態度悲觀，如果是嫁給別人，早就吵翻離婚了。」我想也是。

　　爸爸總說自己是永遠的陽光男孩。因為他大學和馬英九在成功嶺同期受訓，有一次媽媽的同學說：「看到馬英九那個陽光的樣子真想啵上去。」爸爸立刻跟我們說：「媽媽當年看到我也是想馬上啵上來。」媽媽皺著眉頭、瞪著爸爸對我們說：「你爸爸是白癡，我可沒有發花癡。」大家全笑成一團。

130

131

懷念的星期天

　　在台灣的時候，星期天早上，我和妹妹一睜開眼睛，就跑到爸媽房間去，和他們一起在大床上拱一拱，說說話。每次都是媽媽說她肚子餓了，催我們起來。我們起身輪流梳洗、換衣服，就陪媽媽去市場吃吃買買。

　　到了市場，我們三個像小跟班一樣跟在媽媽後面。她會先到阿美的攤子上吃炒米粉和鴨血湯。阿美是媽媽的小學同學，她的女兒是我同學，星期假日都會來攤子上幫忙，媽媽只要看到她一定會跟我和妹妹說：「你看，米粉妹多乖，都會幫忙端米粉。」所以有好長一段時間，我希望媽媽能開一間牛肉麵店，我也可以像米粉妹一樣幫媽媽的忙，我心中立志要像米粉妹一樣，幫媽媽做事。我每次建議媽媽，說她牛肉麵做得很好吃，要她賣牛肉麵，她都說：「我才不要呢！賣牛肉麵多累啊！要孝順我，自己想別的辦法。」

132

　　秀蘭和阿美都賣炒米粉、炒麵和酸菜鴨血湯，媽媽認為阿美的米粉好吃，秀蘭的炒麵好吃，所以每次都要吃兩家。秀蘭的女兒念台大，假日也會到攤子上幫忙，媽媽見到她就跟我們說：「功課不好，不要用分擔家事作藉口，秀蘭的女兒高三了，還來攤子上幫忙，照樣考上台大。」所以到了假日，媽媽就叫爸爸帶著我們做家事。

　　吃完早飯，媽媽就到每個她熟悉的攤子哈拉一下。她會站在菜攤前開始自言自語：「可以炒一個蒜頭絲瓜、韭黃炒豆干肉絲，喔，清炒蘆筍也不錯，今天的茭白筍很漂亮耶！天氣熱了拌個小黃瓜吧……」說完東看看西揀揀，什麼也沒買就走了。到了魚攤她又開始說：「今天鯽魚的大小剛剛好，可以做蔥烤鯽魚，草魚也不錯，買點回去做燻魚吧！好久沒有吃鯧魚了，乾煎鯧魚又簡單又好吃。蝦仁好漂亮，雙雙最喜歡吃蝦仁了，螃蟹也不錯，小無華最愛吃三杯蟹腳了……」又是說了一大堆結果什麼也沒買，又叫我們跟著她走了。對於她這種行徑，我們早就習慣了，可是爸爸每次都要幫她跟我們解釋：「媽媽是想得太專心了，不知不覺把想的事講出來了。」我和妹妹會一起回答爸爸說：「知道了，媽

133

媽是想出聲音來。」市場巡了一圈，最後到李健的攤子上，買了幾道做好的菜，然後再買一副大骨頭、雞腳、蛤蜊回去燉高湯，回到家差不多已經中午了。

下午吃午飯時，媽媽就把她買回來的菜倒到盤子裡，再煮一個湯，就可以擺上桌了，四菜一湯混過一頓。剩下的菜、飯她就替我們裝便當。有時候她菜買少了，她就叫我們少吃一點，晚上可以吃大餐，其實她是怕便當菜不夠。

吃完午餐媽媽通常都會睡午覺，爸爸帶我們做家事或玩。媽媽睡醒就開始想她晚上要吃什麼。她想吃的東西還真多，一會泰國菜、一會 pizza、一下子又跳到韓國烤肉……繞來繞去她只有一個信念，大家都辛苦了一個禮拜，星期天晚上一定要吃一頓大餐才甘心。

134

我們都好喜歡和媽媽出去吃飯，只要其中有一道菜，我、妹妹、爸爸三個人有一個人喜歡，她就會很認真地吃，過兩天在家裡煮給我們吃，經由她手煮出來，比餐廳的還好吃。但是她只會在新鮮的時候做個一兩次，時間一久，她就忘了。如果問她：「媽媽，妳上次做的××菜好好吃，可不可以再做一遍。」她會說，

「我忘了，難道妳不知道，每道菜都只去不回的嗎？」
很多朋友來我們家吃飯都說沒吃過重複的菜，我們也一
樣，被她養了十八年，除了牛肉麵，其他菜很少重複。

　　現在媽媽也養成了逛超市的習慣，她自稱是「查價
員」，到處比價。每天的午餐她都在超級市場裡解決，
這裡試吃一點那裡試吃一點，不用花錢就吃飽了。所以
現在她又會做很多美國的新食物。爸爸是星期五就不用
上班，到了假日就做媽媽的司機，帶她到處逛，有的時
候陪她一起查價，陪她試吃。爸爸說美國的路又寬敞又
舒服，在美國開車是享受，所以媽媽每次叫他做司機時
就說：「老劉，我們一起去享受你的享受吧。」爸爸就
高高興興地帶媽媽出去了。

　　雖然我們在美國也過得很快樂，我還是常常會想念
台北的星期天。

135

爸爸的襪子眠

　　不知道什麼時候起，漸漸地感覺到課業上的壓力。大概是在國中考了幾次全校第一名之後，一直想維持同樣優異的表現，一再地給自己壓力，在不知不覺中累積起來的。爸媽是從來不給我壓力的，小學三、四年級時我還在班上倒數前幾名，甚至數學還抱過鴨蛋回家，當時我一點也無所謂，媽媽比我更不在乎，而爸爸也不會用成績來評斷孩子好壞。受他們的價值觀影響，我從不因成績不好而自卑。但嘗過名列前茅的光榮滋味後，再也無法用媽媽常說「不以物喜，不以己悲」的瀟灑態度面對考試。我已經愛上那個上台領獎的自己，讀書對我而言不再是純粹享受知識和學問了，可以炫耀的成績才是我要的。

136

　　有了得失心，壓力就大了，就在患得患失身心飽受煎熬時，常常會失眠，爸爸就發明了讓我安睡、帶給我

美夢的「襪子眠」。記得那天我讀書讀得很累，卻睡不著，媽媽和妹妹在客廳看電視，爸爸輕輕地來敲門，進來房間陪我。起初他傾聽我說著學校和同學間的瑣事，安慰我叫我不要在意成績，盡力就好。他用力把手掌搓熱，溫溫的大手輕拂我的眼皮，幫我闔上眼睛，又再用力摩擦他的雙手，熱熱地替我敷眼睛。他要我想像徜徉在沙灘上，湛藍的天空、蔚藍的海水，在溫熱的陽光照耀下，海浪一波波，有節奏、有韻律地輕拍著金黃色的沙岸，海天一色，有幾棵椰樹隨風搖曳……他每說一句，我「心眼」中的那個人間天堂就更完整。這個虛擬世界，加上爸爸的配音，有海浪聲、有小鳥啁啾聲、有風吹樹葉的沙沙聲……，爸爸說想像一幅寧靜和平的畫面，可以消除疲勞和壓力。

在我心情漸漸放輕鬆時，爸爸就用他的獨門催眠功「襪子眠」哄我入睡。爸爸要我把自己想成一隻破破舊舊軟綿綿的襪子，他一個關節一個關節地替我放鬆，這是媽媽懷我時，他陪媽媽去做「拉梅茲生產」學來的方法。先替我揉揉肩膀，肩膀放鬆了，他就轉轉我的手肘、手腕，手肘手腕放鬆了，再拉拉手指。上身放鬆了再幫我抬抬腿和膝關節、拉拉腳趾……我真的全身都鬆

137

軟地像隻舊襪子，那天睡得好香。就這樣，以後每當我心神不寧或焦躁不安時，只要閤上眼，就可以看到心眼裡的人間天堂，只要放鬆幾分鐘，我又可以從容、冷靜地面對眼前的混亂。

感受到爸爸細膩的關心，我也把襪子眠帶到同學之間。尤其在大一上時，好友伊蓮個性和我很像，我們都是對自己的要求遠勝過父母的要求。我們同是離鄉背井來住校，要適應新環境裡和高中完全不同的種種事物，在學業、工讀、社交、生活上面臨許多的新挑戰，每天生活中充滿了緊張和疲勞。期末考前，看她讀書讀得很辛苦，我就幫她做一套完整的襪子眠，她感動得都哭了。她說這種深刻細膩的關心超越友情，是最深最濃的親情。是啊！當爸爸幫我放鬆關節，嘴巴還忙著配音時，我深深地感受到那不可言喻的父愛。

138

139

媽媽的另類教育

　　和媽媽走在柏克萊校園裡,媽媽說:「那棵樹到了,快到宿舍了。」我看著她笑,想起以前她教我很多事,就像認路這樣,簡單自然。

　　如果有人說媽媽命好,都不管孩子,還把我們養得這麼好,她會說「上等人自成人」;如果有人問媽媽孩子怎麼教的,媽媽會振振有詞地說:「江湖一點訣,不點你不通,一點你就通。」對於媽媽的江湖一點訣,我不但身受其利,更把它發揚光大。媽媽的竅門就是用「孩子能懂、也會接受的方法」。她是做養生的,常掛在嘴邊的就是,管它什麼營養成分,再多也沒用,要吸收才有用。

140

　　幼稚園的時候,我有一個很可愛的小丑背包。媽媽給我買了件新衣服,我把它剪下來給小丑背包穿,新新

的一件衣服給我剪壞了，老師說我糟蹋東西，媽媽卻說要去學校罵老師，因為老師扼殺了我的創造力。媽媽還說我是一個很有愛心的小孩，把小丑擬人化了，並找來一些圖畫書，講了一些小動物擬人化的故事。我在幼稚園，才四歲就學會了「擬人化」這個很有學問的名詞。至於要去學校罵老師的事，到我很大了她才告訴我那是假的，只是要加深我的印象，讓我知道，她永遠是最支持女兒的媽媽，也要我學會做人要胳膊朝裡彎，「幫親不幫理」。

有一次我和妹妹把芭比娃娃的衣服弄破了，媽媽帶著我們剪她的舊衣服，幫娃娃另外縫一件，還不太會講話的妹妹，不知道針是什麼，說：「媽媽我也要一個尖刺。」媽媽不但告訴我們針的種類，還拿出各種大針、小針、勾針、毛線針，解釋各種用法給我們聽，長大以後媽媽也和我們一起勾勾針、打毛線。

141

小的時候怕我們走丟，爸爸在衣服口袋裡放了家裡的電話和地址。媽媽會告訴我們路邊一棵特別的小樹、小花或石頭，記下它們的特徵，然後向前走或左右轉，走多久就可以到某個目的地。記得捷運通車時，我們一

家人一起去動物園玩。過了幾天媽媽又和妹妹去一次，那時妹妹只有五歲，媽媽帶她買票進站後就跟妹妹說：「小無華，妳帶媽媽去動物園好不好？」妹妹走在前面，媽媽跟在後面，她們在動物園玩了一整天，回來妹妹好興奮地跟我們說她帶媽媽去玩，媽媽迷路她還把她帶回來了。那天太陽很大，媽媽把妹妹的帽子淋濕給她戴在頭上，如果她中暑，要被媽媽刮痧就慘了……

爸爸常帶我們去國父紀念館放風箏、騎腳踏車，媽媽就坐在旁邊看。有一次她在一棵南洋杉樹幹上拔到一根樹汁流出來凝結成半透明粉紅灰色的小棍子，就把它做成別針。她拿給好多人猜是什麼東西，有人猜琥珀，有人猜鐘乳石，鴨子阿姨還猜是蠟燭。媽媽找了植物圖鑑給我看各種樹汁，松樹流出來的叫松香，埋在地底時間久了就變成琥珀，楓樹流出來的提煉成糖，就是楓糖，橡膠樹的樹汁可以做橡皮、輪胎……。她的方法是在生活中一點一點教，這次教一點，下次教一點，然後再連起來，她不願意一次教太多，她常常說「貪多嚼不爛」。

142

媽媽從來不看我們功課，她說自己的功課自己要負

責，就像上班一樣，難道老闆請你去上班，付你薪水，你分內的事不該自己負責嗎？但她常跟朋友說，爸爸會讀書，我們遺傳爸爸，所以不用教。我想我的萬能媽媽，對於從小書讀不好，心裡一直很自卑，所以不願意教我們。但對於課業以外的事，她的知識非常廣博，吸收能力也強。

　　跟媽媽做事的人說她的計畫趕不上變化，以前我也覺得她的想法一天到晚在變，我和妹妹好像是她的白老鼠，今天這樣，明天那樣。現在知道她是一塊海綿，吸收了新東西，消化後用自己的方法運用在生活上。她所謂的生活，包括一切，大概其中最重要的就是對我們的教育吧！

教學相長

　　國小一年級，第一次數學考試，我竟抱了個鴨蛋回家。只記得在課堂上，老師問：「準備好了嗎？開始。」我也不知道該做什麼，等我回神過來老師已經說收卷了。得了零分，我就傻傻地接受這個事實，回家爸媽也沒說什麼。一直到國小三、四年級，我每次段考成績都是班上倒數幾名。我是很用功的小孩，每次考前念得如火如荼，拿到的成績卻是不堪入目。我的讀書方法出了問題，卻不得其門而入。

　　到了五年級，我突然開竅了，從倒數幾名，進步到二、三十名，然後急起直追，小學畢業時拿了校長獎。國中二年級時考了全校第一名，從此一路走來都很順利。以前和我功課一樣差的難姊難妹都來尋求我的幫助。先是考前打來問功課的電話不斷，後來太多人找我作考前復習，我就乾脆統統邀來家裡一起教。那時候每

到考試就有很多人來家裡開夜車打地鋪，早上媽媽煮酒
釀蛋，晚上煮牛肉麵給我們吃。我喜歡把我的觀念解釋
給同學聽，更高興看到他們豁然開朗的表情。有個同學
說：「好奇怪，這些都是老師上課時教的，為什麼老師
教得我霧煞煞，妳一教我就懂。好像老師講是火星話，
要妳做翻譯。」

　　我把同學的話講給媽媽聽，媽媽說：「這就是平常
我教妳的方法啊！教小孩子，要用小孩的語言。」媽媽
也告訴我教學相長，為了要讓別人理解，自己要先融會
貫通，才能深入淺出地講給別人聽。如果會考試卻講不
出道理來，那是學習不到家，如果光靠死背，考完就忘
了，沒有真正地累積學問。

　　在聖瑪利諾高中時，有位 FOB 媽媽力邀我去做她
兒子海瑞的家教，當時我和他修同一堂生物課，他的成
績是 D$^-$，在被當的邊緣。我第一天上課發現他幾乎不
懂，心中有點憂慮，但也躍躍欲試，這是一個很好的挑
戰。我們上了兩個小時後，我花了十分鐘的時間驗收成
果，大致還不錯。我就和他約法三章，我負責教他每個
觀念和重要的生字，也教他如何觸類旁通靈活運用，但

145

如果他自己不花時間回味咀嚼我教的知識，考試成績低
於七十五％，我就辭職，太丟臉了，做不下去。

班上另一個同學麥可，請了一位 UCLA 的高材生為
他補生物，我要海瑞以麥可作標竿，看看大學生會教還
是高中生厲害。後來海瑞越來越進步，終於贏過麥可，
我高高興興地安心賺錢。一學期下來，我賺了八百美
金，全部孝敬老媽。媽媽回台灣時，買了好多禮物送親
友，特別說是我賺來孝敬她的錢，她的朋友們都稱羨不
已。

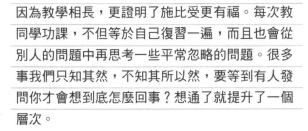

theme　**過來人語：**

因為教學相長，更證明了施比受更有福。每次教
同學功課，不但等於自己復習一遍，而且也會從
別人的問題中再思考一些平常忽略的問題。很多
事我們只知其然，不知其所以然，要等到有人發
問你才會想到底怎麼回事？想通了就提升了一個
層次。

收回的恭喜

　　二〇〇〇年八月四日是一個令人驚喜的好日子。一早在 Ms. Keeton 的課堂上，她在全班同學面前給我一個大大的擁抱，恭喜我，因為我的程度已經可以跳過 ESL（English as Second Language），跟美國孩子一起上正常班的課程了。她說她教英文三十年，高中四個年級，普通班和榮譽班的學生都教過，我是她所見過學習最快、最上進、最努力的學生。僅僅五個月，我的英文程度不但超越來美國三、四年的學生和在美國出生的中國孩子，甚至比起土生土長的美國人也毫不遜色。

148

　　這個驚喜不但讓同學們欽羨不已，我心中更是澎湃洶湧。中午放學，頂著烈日騎腳踏車，騎了兩哩多的上坡路，衝回家急著要告訴外公和阿姨們這個好消息。下午開始，許多 FOB 媽媽陸續打電話來道賀，說我是中國人、台灣人的驕傲，北一女的就是不同凡響……，整

個週末都沉浸在苦盡甘來的甜蜜中。

　　星期一到學校，有了不同的聲音。老師們拿出我四月份考的 Standford 9 的成績，我的成績排名是在全美國八十％之後，而跳出 ESL 的基本條件是 Standford 9 的成績排名要在全美前六十五％。有一位涂老師是高中一年級來美的，背景和我相似，他在學校除了教課，也負責一般華人學生、家長和學校三方的聯繫工作，他認為我 Standford 9 的成績太差，應該繼續留在 ESL。其他的老師各有不同的意見。站在我這一邊的還有 Ms.

Stranuss，她很生氣，對我說：「我要力推妳出 ESL，不管制度是什麼，我要為妳打破制度，這個制度不適合妳這麼優秀的學生。」Ms. Lacfon 提出我來美兩個月就當選每月之星，因為我 ESL 的成績突飛猛進，是進步最快的學生，現在破例跳出 ESL 是意料中的事。校方為了我是否留在 ESL 有不同的意見，同學們也議論紛紛。大部分人都為我憤憤不平，認為涂老師是酸葡萄心理，見不得人好。許多 FOB 媽媽也聲援我。整個星期我的情緒起伏不定，像在洗三溫暖。

149

　　星期六早上爸爸從爾灣來看我。他和小阿姨都認為

涂老師以自己的親身經歷和教學經驗，提出的看法一定有他的道理，要跳出 ESL 不必急在一時，明年再考 Standford 9 時，用成績證明我的程度也是一樣。於是我五個月就跳出 ESL 的榮耀突然又消失了，當時心情好沮喪，恨透了四月份考的 Standford 9 ，真是我求學生涯中最大絆腳石。

一年後我重考 Standford 9 ，成績在全美前十％，因此得到來美第一份獎學金，一千元的加州州長獎，算是對我因為去年沒能跳出 ESL 的一個小小補償。

記得上次打電話給媽媽，說因為涂老師的反對，我沒能從 ESL 跳出來，媽媽有點失望，而且她大話已說出口，在朋友面前失了面子。現在拿到獎學金給她，她高150興地說：「有錢也好，反正當時丟面子，現在賺錢補回來。」畢業前，我又拿到一個數學加科學的加州州長獎學金，如果不是 Standford 9 的好成績，我的 AP（Advanced Placement）成績再好也拿不到這兩千五百元的獎學金。我發現美國的獎學金制度是錦上添花型的，而且名目很多很容易拿，於是我開始上網尋找我的大學學費和生活費。

151

高中求學

　　二〇〇〇年的寒假來美，以為還在過年，哪想到這裡不過中國年，時差還沒恢復，小阿姨就安排我們上學了。上學第一天，班上有幾位台北來的同學已從他們台灣同學處得知我是北一女的。過了幾天有同學媽媽打電話來認校友，媽媽得意地說我們是北一女世家，小阿姨和姑姑都是北一女的，她雖然不是北一女的，但她是北一女的娘。她這樣開玩笑，讓我在班上貼了標籤，大家都睜大了眼睛，等著看我的表現。

152

　　壓力越大，怕丟臉，越容易慌了手腳。星期一第一天接受程度測驗，星期三依成績把我分發至 ESL 的第三、四級。星期五老師就要考 ESL 第三級的一至八章，下週一考第四級一至十三章的字彙，雖然第四級的字彙比較難也比較多，但至少有一個週末可以在家死 K。那時內心覺得好不公平，老師教字彙時，我還在準備高一上的期末考呢！結果果然很慘，兩場考試一個拿 F，一

個得 C ，真是欲哭無淚。就因為這兩次的成績，後來我死命追，上課努力表現，作業力求完美，每次考試都拿 A⁺。學期末算總帳時，我 ESL 第四級拿到 A ，但 ESL 第三級的那個 F ，讓我高中成績出現唯一的一個 B⁺。

以前念書，我從來不熬夜，現在每天放學回家先念英文，念完英文已經累得不醒人事了，剩下來的半口氣拿起生物課本，全部的專有名詞都不認識，翻字典連注解都看不懂。媽媽輕鬆地丟給小阿姨，說：「妳是北一女的，又念丙組，妳教她生物總不難吧？」於是我做功課時，小阿姨就在旁邊做即席翻譯。我心中實在不忍，小阿姨身體不好，每天早上六點要出門，下班回來又有一堆永遠做不完的雜事⋯⋯，可是我上課聽不懂，下課看不懂，除了小阿姨，還有誰能幫我？還好我兩三個月後就跟上進度，可以獨立做功課了。回想這段時間，心中真是五味雜陳，有淚水、有汗水、有努力、有溫暖，是我求學生涯中最深刻的一段日子。

153

在小阿姨的輔導下，我來美兩個月就當選每月之星，有機會和校長共進早餐，照片登在校刊上。我想把這份殊榮獻給小阿姨，因為我以前的獎狀、獎品、獎金

……任何獎和禮物都被媽媽繳械，所以我打電話問媽媽，媽媽也沒聽我說完原委，直接簡短地說：「不用講那麼多啦，當然好嘛！」

碧果博士在史丹佛主修人文學，自我要求很高，對學生要求也很嚴，在學校裡出名地嚴格，聽說她的班上永遠只有一兩個 A，其他都是 C 和 D。她的特別選修課，常常因為沒有學生敢選而流產。我這個初生之犢不畏虎，竟然自告奮勇地去選她的課。能夠修她的課，雖然充滿了期待，更擔心的是自己跟不上。帶著一顆忐忑不安的心，交出了第一篇作文。改出來以後，我是全班唯一得到 A 的，她在班上唸著改著我的文章，我像個貪心的小孩，嘴裡吃著糖，心裡期待著更多的糖果。第二篇文章，我寫出我們全家移民的心路歷程，碧果博士不但對我更嚴格，有更深的期許，也和我成為好朋友。之後碧果博士推薦我上英文榮譽班。

第一學期結束時，學校舉辦親師聯合座談會，老師特別要我去談談我這一年如何克服語言障礙和在校學習的經驗。會後有很多老師和家長來跟我握手，還有一位 FOB 媽媽給了我一個大大的擁抱，聘我去她家教他兒子

154

海瑞，一個小時給我十塊美金。

當年高中聯考時，我理化考了滿分，媽媽逢人就說是來自她的遺傳，因為她的廚房就是化學實驗室兼工廠。我本來就很喜歡化學，可惜到了這裡，化學課學生已經額滿，我無法中途插進去，只能選一門普通化學班，教的東西很簡單，在國中時就已經學過了。對我來說這個課實在很乏味，於是上課就很不專心，常和班上兩個好朋友薇薇安和薇娜一起玩。

薇薇安也是 FOB，表面上是學校裡有名的冰山美人，私底下卻很會搞笑。我們常在課堂上傳字條，她會扮鬼臉學大炳用口吞拳，會扮貞子從電視裡爬出來，還有一次扮招財貓，害我笑到不行，從椅子上跌下來。我們都是乖乖女，日子過得很平淡，偶爾作亂造反一下就很開心。回家講給媽媽聽，媽媽還會說：「那有什麼大不了，妳們這樣就滿足啦？」爸爸會勸我們上課要專心，要尊師重道……，總是被媽媽打斷說：「少八股了啦，老劉！」

155

薇娜則是個體貼周到的好朋友，她像姊姊一樣照顧

我和薇薇安。吃飯時都是她幫我們拿紙巾；每次帶我們
出去，都會事先記熟地圖，免得一面開車一面找路，到
了目的地，也會停好車後記牢車位。只要她帶我們出
去，我和薇薇安都可以放心地胡鬧玩耍、東張西望。對
於薇娜的仔細周到，我心中感受最深，美國這麼大，高
速公路錯過一個交流道就要繞好遠；停車場一片車海，
沒記好車位，找不到車子那種驚慌和煩躁是一種很恐怖
的感覺。有一次和爸爸在大太陽下找了一個多小時的車
位，真是欲哭無淚。

媽媽在台灣，每次打電話說：「媽，告訴妳一個好
消息。」她就很興奮地說：「有帥哥約妳啦？」我每次
都回答：「還沒有。」之後再告訴她我哪一門功課得了
什麼榮譽，她就哼一聲，說那有什麼稀奇。我所有的同
學都知道，我媽最擔心的是沒有男生約我。不知不覺畢
業舞會到了，可是我的男伴呢？唉，每天只知道讀書，
現在應了媽媽的話，「人無遠慮必有近憂」。

大阿姨發動她所有的朋友的兒子、姪子、外甥給我
選，看要誰做我的舞伴，結果挑了挑也沒什麼好的，有
一個我覺得還不錯的卻在東岸念書不肯來。我也透過學

校幾個男生和常來往的女生,探聽看看會不會有人邀
我。畢業舞會的化妝、禮服、高跟鞋……,大阿姨一切
都為我張羅好了,卻欠個男伴,我在心中盤算,要不要
去問問幾個平常較熟的男生。家教時我憂心忡忡,海瑞
問我是否有心事,於是我問他覺得我可以邀誰做舞伴,
他叫我不要主動去邀男生,太丟臉了,他自告奮勇地要
做我的舞伴。我告訴他我要考慮,誰知第二天他就很興
奮地告訴我他媽媽花了一千多元給他買了整套西裝皮
鞋。我生氣地教訓了他一頓,花他媽媽那麼多錢,實在
太不應該了,擺明了是趁此機會向他媽媽勒索新裝。我
常常覺得這裡的 FOB 小孩,有八成都被父母寵壞了。

　　高中兩年多,我接觸了很多 FOB 家庭,讓我感慨
萬千。他們大部分來自台灣較富裕的環境,來到美國卻
要一切從頭開始。很多 FOB 爸爸都還留在台灣,只是
偶爾來探親。 FOB 媽媽們很辛苦也很孤單,她們不太
懂英文,更不了解美國,為了孩子想盡辦法要融入美國
社會。雖然她們很努力,許多言行卻讓孩子覺得她們自
作聰明、莫名其妙、三八……而更嫌她們。她們擔心孩
子的功課,又幫不上忙,只能在一旁乾著急。台灣的
FOB 爸爸回來很少關心自己的老婆有多辛苦,只認為自

己拚命賺錢養他們，所以在老婆面前表現得很大男人主義。對孩子的態度就不同了，帶了大把的鈔票來做聖誕老公公，孩子要什麼買什麼，禮物發完了又走了。

我們家比較不一樣，我和爸爸都很聽話。像在家裡，外公講話時大家都趁機一個個溜走，只有爸爸一直坐著，一直聽，媽媽還笑他是「老人專科」。自從教了海瑞以後，常接到 FOB 媽媽們的電話，對於我在學校的表現，有很多讚美，也常說她們小孩多麼佩服我、崇拜我，更希望我能勸勸她們的小孩，或者教他們功課……。雖然我課業很忙，我還是耐心地聽她們訴苦發牢騷，我一方面羨慕同學，他們的媽媽將他們照顧得無微不至，一方面也提醒這些做牛做馬的媽媽們，她們是勞苦功高的，也建議她們多愛自己一點。雖然我也是小孩子，但以前常跟媽媽談心，大人的事我也知道，我感受得到她們的徬徨無助。現在媽媽不在身邊，我有時聽著聽著，好像又回到從前……

158

為申請大學加分

　　在美國申請大學除了看在校成績、 SAT 成績,也很注重課外活動。社區服務、學校社團、才藝等,都有加分作用。但是評鑑委員們也知道每個人的精神體力有極限的,如果參加太多,顯得過度分散,重量不重質的話,他們也會察覺。

　　由於大家都強調課外活動和才藝的重要性,十年級下學期全心全力與英文奮戰後,我又重新練習鋼琴準備鑑定考試,十一年級上學期加入紅十字社,開始在老人之家做社工。每週五我和好友薇薇安一起去老人之家,陪老公公老婆婆玩賓果、讀報給他們聽,我彈琴薇薇安帶他們唱歌,也做些輕微的運動。每次陪伴老人時我會想到「老吾老以及人之老」這句話,覺得我做到了;想到和外公阿姨同住,讓我知道怎樣去體貼老人;也會想我將來要和阿姨一樣好好孝順父母,回饋上一代。

160

我們陪老公公老婆婆玩賓果、讀報給他們聽。

　　經過十一年級一整年在老人之家的經驗，我向紅十字社申請下一年度老人之家的協調幹部，帶領學弟、學妹擴大為這些老人服務。紅十字社的申請表上，要請所有的老師評估我的努力、組織能力、領導能力、口才及效率。感謝六位老師的支持和推薦，我通過評審委員的初步審查，可以參加面試。面試當天，我好緊張，只有八分鐘的時間，要表達我為什麼要到老人之家服務及我未來的服務組織及計畫。這是我生平第一次面試，而且還得用英文。我來美一年多，學校同學間常用台語交談，回家又常用國語，雖然我的讀寫能力還可以，對於會話能力，我真的沒什麼信心。

161

面試是在第一堂課之前，我一大早爬起來，大阿姨把我送到學校，我不安地在面試委員的辦公室前等著。七點半，一個女孩子微笑著打開門請我進去，我在六位審查委員面前坐下，他們很快地自我介紹後，主席就調整時鐘開始計時，當她敲下「開始」的那一刻，我的心都要跳出來了。他們問了我很多問題，我答得很好，後來又問我的優缺點，我說我的缺點是過度急切熱心，有位老師要我解釋為什麼，他認為這是一個優點，是要服務團體的基本條件。我講到媽媽常說的「事緩則圓」、「貪多嚼不爛」的理論，還有做什麼事都要有智慧，《孫子兵法》說領導人的基本條件是智、信、仁、勇、嚴，如果沒有智慧只流於乾著急，熱心反而會誤事。負

紅十字團隊的夥伴們。

責控制時間的主席看我和委員們聊得很開心，也不管時間的限制了，二十分鐘後我很禮貌地謝過每位委員並一一和他們握手。三天後我收到賀卡、氣球和晚餐邀約，我得到六位委員的全數通過，要做老人之家的義工組織領導人，帶領兩百人的義工團隊。

　　我十二年級那年，一整年都維持每週十五個以上的義工人數到老人之家服務。老人們看到這些九、十年級的學生也很開心。人多好辦事，我們不但例行地為老人家讀報、陪他們散步、聊天，也餵行動不方便的老人吃東西，還弄了一些彩帶紙、彩球，裝飾餐廳、交誼廳和壽星的房間。我與老人之家的護士及活動主席建立了良好的互動關係，他們對於我們聖瑪利諾高中的義工團隊，有很高的評價，很多 FOB 媽媽也打電話跟我道謝，因為她們驕縱的小孩自從去了老人之家後，回家也乖多了。

163

　　回想起來，當初去做義工只是因為對大學入學條件有加分的功用，但是現在卻很感謝老天給了我這個際遇和經驗，讓我變得成熟，也滿足了我的成就感。

準備 SAT 考試

SAT 全名為 Scholastic Aptitude Test ，幾乎和台灣的大學聯考同等重要，申請大學時，在校成績和 SAT 成績各占一半比例。高三和高四（美國初中兩年，高中四年）整整兩年，大家都在為 SAT 拚。

SAT 考試分兩個階段， SAT I 考數學和字彙。 SAT II 考數學（1C 和 2C 選其一）和英文寫作。其他的科目則視實際需要，再挑選應考科目。例如我自己， SAT I 成績不盡理想，所以 SAT II 就選了六個科目，包括數學 1C 和 2C 、英文寫作、第二外國語、生物及化學。

下面就用我的成績作個簡單的說明：

SAT I 的成績：數學 780/800 ，字彙 670/800 。

SAT II 的成績：數學 1C 800/800 ，若要申請全美前十名大學或文科生只要考 1C 即可。

數學 2C ： 800/800 。 2C 比 1C 難，要讀理科或要申請較好的學校一定要考。

　　中文： 800/800 。美國是一個民族大熔爐，第二外國語也是很重要的，我來自台灣以中文作第二外國語當然很簡單，美國本土的學生大部分修西班牙文或法文。

　　化學： 770/800 ，生物： 730/800 。媽媽希望我念生化，所以生物和化學我都要考。

　　寫作： 750/800 。這科很重要，如果成績不到六百八十分，將來到了大學還要補修英文，即使是美國本土的學生也有很多人考幾次才過關。如果沒有通過考試，必須在社區大學補修學分，要拿到 B 以上的成績才行；或者要在大學考 Subject A test ，如果又沒過關，就得修 College Writing 。總之美國教育當局希望大學生有一定的英文讀寫能力。

　　SAT I 的數學一般來說都沒有什麼問題，尤其亞裔，特別是台灣和日本來的，數學程度都很高。

　　SAT I 的字彙考的範圍很廣，除了考對字彙的深度和廣度，還包括閱讀能力和延伸能力及字彙細微差別的掌握。一般日常生活約兩千個英文單字就勉強夠用了，但要考好 SAT ，至少要會一萬八千到兩萬個英文單字。 SAT 裡面的單字有點像文言文，比一般常用字難很多，平常也用不到。例如暢銷書《哈利波特》，裡面就沒有

出現過任何一個 SAT 用字。日常會話、同學聊天也沒人
會用 SAT 的文字，免得別人覺得你愛現、咬文嚼字，如
果用錯了，牛頭不對馬嘴反而鬧笑話。

　　既然日常生活中用不到，只有自己進修。我們小時
候閱讀一些文學名著，通常都是中文或翻譯作品，比起
天天看英文、說英文的美國人而言，準備 SAT 當然艱難
得多了。所以我認為第一要務是背單字，我把生字抄在
小手冊上，隨身攜帶，利用零星時間來背，例如排隊買
東西、車上、上課無聊時，甚至蹲馬桶的時候，我有一
年半的時間，從十一年級四月到十二年級十月，我預計
每半年至少背五千個單字。除了背單字，我同時看很多
的課外讀物，在書中學習單字不同的用法及更深層的字
義，即是 SAT 要考的單字細微差別。在準備字彙考試的
同時，正好在修碧果博士的英文，當時歷史課也在榮譽
班，那時的辛苦，真令我刻骨銘心，至今難忘。每天都
讀書到半夜一兩點，單寫一篇兩千字的作文就耗了四、
五個小時，還要再花兩、三個小時做歷史報告，根本擠
不出背單字的時間，不利用零星的時間也不行。第一個
半年之後，單字背多了，打開書本沒那麼多單字，讀
書、寫作都輕鬆多了。

　　SAT II 在這樣的情況下準備了半年之後，開始找一些補習班的模擬試題來練習。一開始對於時間的掌握不是很好，慢慢從考三百多分進步到七百多分。回頭看看我的小冊子，單字背熟了，本子也磨得破破爛爛，字跡模糊。

　　最令人擔心的 SAT II 英文寫作部分，以我在台灣高中一年級的英文程度，會的單字在一千個左右，但是文法部分比較扎實，尤其北一女念了一學期，打了一點基礎。英文寫作分兩個部分，第一部分六十題選擇題，考學生對文字字義的掌握、閱讀分析能力和文法結構。剛開始時常常四十分鐘用盡了，我還有十幾題沒來得及看，閱讀速度明顯落後。比起土生土長的美國學生，實是輸在起跑點上，很令人氣餒。只有拚命地練習，練習多了，習慣考試的步調，一題接一題緊湊地寫下來，終於可以看完、寫完全部的題目了。

167

　　SAT II 作文部分也是一項艱難的挑戰，寫作不是一蹴可幾的，平常上課要專心，多多利用課餘時間請老師修改、評論作文。回到家把老師改得密密麻麻的作文逐字推敲，也仔細研究老師的遣詞用字，不懂的再去問老

師。 SAT II 的作文只有二十分鐘時間，會給兩個題目，考生可以任選其一。

我們中國人作文講究起承轉合，美國人的作文方法也差不多。一篇完整的文章分成五段，第一段先破題，二、三、四段寫出自己的見解，並要列舉歷史或生活上的實例作為佐證，最後一段結尾時要把主題提升到一個新的層次，可以自己的見解下結論，也可以留下新的問題發人深省。整篇文章完成後還要檢查錯別字，修改文法及句型結構。短短的二十分鐘要做完一篇文章，時間是很緊湊的，對時間的掌握尤其重要，從第一部分的選擇題開始，就要專心一意地讀，也不能思考太慢，否則就會來不及。

169

選擇學校

加州聯大（University of California）簡稱 UC，一共有八所校，最早建校於一八六八年的就是柏克萊（UC Berkeley），其次是洛杉磯分校（UCLA）；聖地牙哥分校（UCSD）的生化排名是全美第二；離我家最近的是爾灣分校（UCI），為加州聯大的後起之秀，漸漸和 UCLA 在南加州有分庭抗禮的架勢。其他四個分校雖然也不錯，但申請一個學校要花四十元，我想能省則省所以沒去申請。至於長春藤系統的私立名校，我是想都不想。因為很多人說，這些學校一年要四萬多，即使一開始有獎學金，也不可能四年都有，以我家的經濟環境，一年都讀不起。

很幸運的，申請的四所加州分校都給了我入學許可，和足夠我生活的獎助學金。爸爸帶我去各學校參觀，回來後我們和小阿姨一起討論，念哪個學校、讀什

麼系。媽媽是總司令，從台灣來電，提出她的最高指導
原則。因為她做「陸酉堂」，研究養生的科學中藥，將
來我要繼承她的事業，同時二十一世紀也是生化科技的
年代，所以她要我念生化。念醫也可以，但是不要念外
科，開刀太辛苦；也不准做心理醫生，因為很多電影裡
描述心理醫生碰到怪病人的故事都很可怕。我本來就喜
歡生物和化學，當然聽她的。

　　選系沒有問題了，接下來就是選校，媽媽說最好念
UCI，可以就近照顧家，她來時還可以當她的司機兼翻
譯。爸爸贊成我念柏克萊，因為柏克萊像他心目中五四
時代的北大，自由開放、文風鼎盛，可以享受真正自由
的空氣，吸收多元化的知識，說不定還會遇上個現代胡
適、徐志摩型的文人，談個浪漫的戀愛。小阿姨則是怕
柏克萊壓力太大，離家遠，沒人照顧，當年她看過太多
名校留學生發瘋的例子，念UCLA可以繼續住阿姨家，
她們會照顧我。另外既然要念生化，也可以考慮念
UCSD，那裡比較單純。

171

　　我內心知道，如果選擇UCLA繼續住在阿姨家，媽
媽一定會生我的氣。當初她和外公之間有太多的不愉

快，到現在她還固執地認為，外公容不下我們一家四口
住在阿姨家，只希望我一個人留在他身邊，甚至想霸占
我。爸爸和妹妹搬到爾灣時，她一再強烈地表示「一家
人苦苦守在一起」的觀念，就是針對我要留在阿姨家提
出的。當時我一心認定自己在聖瑪利諾高中已經有了很
好的基礎，無論申請學校或獎學金，老師們都會幫我寫
推薦信。如果搬到爾灣，一切都要重頭開始，所以我違
背了媽媽的意願，留在阿姨家。妹妹在阿姨家時，和外
公也有很多不愉快，她受了很多委屈，我沒有隨他們搬
去爾灣，她也很生氣。所以我早就下定決心不考慮
UCLA，反而傾向選 UCI，住在家裡，修補一下姊妹的
感情，也為爸媽分擔一些壓力和責任。

但真的要去念 UCI 嗎？我實在不甘心，我的 SAT I
考了一四五〇分，一〇〇〇分就能進 UCI 了。全美高中
成績排名前五％的人都可以申請加州聯大，申請人當中

2003 年美國攻打伊拉克，柏克萊校園內的示威遊行。

卻只有四分之一可以拿到柏克萊的入學許可，如果能進柏克萊，就表示你的高中成績排名在全美前 一‧二五％，這個光環可不小，何況媽媽最愛炫耀她是北一女、柏克萊等名校的娘，來平衡她從小功課不好的遺憾。UCSD 的生化雖然好，但其他科系都不怎麼樣，萬一要轉系，就失掉了光環。柏克萊的生化科系排名在全美前十名，整個學校排名在全美第五，絲毫不比長春藤系統的名校遜色。思前想後，看來念柏克萊是對我和家族體面而言都是最好的。

　　之前聽過許多有關柏克萊瘋子的傳聞，到學校參觀時，看到校區附近的公園，一個個帳篷裡睡著流浪漢；走到街上，見到的多是奇裝異服、邊走邊罵、亂吼亂叫……什麼怪人都有。想到要去念這種學校，心裡還有點怕怕，家人都擔心我不適應，我也怕自己受不了，決定和碧果博士談談。她曾在柏克萊修過課，也在史丹佛拿

到她的文學碩士,而她又很了解我,她的意見很值得參
考。碧果博士首先就肯定地叫我去念柏克萊,她認為以
我的個性絕不會變成瘋子或偏激分子,何況我是遇強則
強的人,大家都是高手,彼此鼓勵、競爭,更能全面提
升我;反之周圍的人都不是對手時,變得我一直付出,
在教別人、幫助別人,雖然不至於把我的程度拉下來,
但進步有限。她認為我還有很多潛力沒有發揮出來,現
在的年齡是在學習、打基礎,視野越開闊越好,將來研
究所倒是可以考慮念別的學校。

　　我又打電話給媽媽,媽媽說她要去算命。過了兩天
媽媽來電,叫我去念柏克萊,理由很荒謬,算命說我是
屬老鼠的,馬年進大學正好子午對沖,這一沖就沖到
她,所以我離她越遠越好。我都氣哭了,媽媽才說她是
逗我的。她說我的個性太拘謹保守,應該去柏克萊開開
眼界。第一她有把握我不會變壞,第二她認為我也是高
手,到了高手雲集的環境只會變得更好,不會變成瘋
子,何況從小她和爸爸天天吵吵鬧鬧我都沒有變壞發
瘋,柏克萊的壓力算小 case。

　　前前後後,折騰了三個月,終於決定去念柏克萊。

到學校的第一件事就是買一件 Berkeley's mom 的 T 恤給
媽媽，而她交代我的卻是交男朋友第一，學業第二。

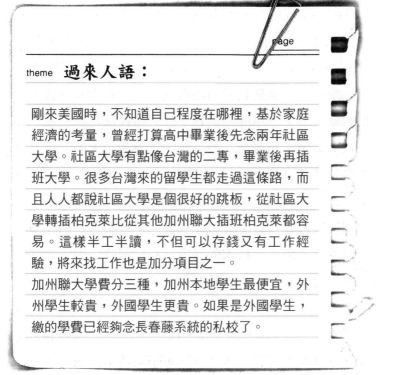

theme　**過來人語：**

剛來美國時，不知道自己程度在哪裡，基於家庭
經濟的考量，曾經打算高中畢業後先念兩年社區
大學。社區大學有點像台灣的二專，畢業後再插
班大學。很多台灣來的留學生都走過這條路，而
且人人都說社區大學是個很好的跳板，從社區大
學轉插柏克萊比從其他加州聯大插班柏克萊都容
易。這樣半工半讀，不但可以存錢又有工作經
驗，將來找工作也是加分項目之一。
加州聯大學費分三種，加州本地學生最便宜，外
州學生較貴，外國學生更貴。如果是外國學生，
繳的學費已經夠念長春藤系統的私校了。

175

新鮮人十五磅

　　放假回家，在 e-mail 中看到系主任的恭喜信，這一年我的學業成績在全校排名前五％，大大鬆了一口氣，一量體重，胖了兩公斤，還好！還好！學校流傳著「freshman 15」，是說新鮮人平均一年被學校餵胖十五磅。學校的伙食把我們照顧得太好了。教室和宿舍中間是餐廳，早上六點開始供應，任何時候都可以去吃，而且是吃到飽。在餐廳吃得飽飽的還不夠，大家都從餐廳帶食物出來，我一週有十四餐，因為從餐廳帶食物回來，常常十四餐吃不完，還可以去外賣部換些乾糧。許多同學放假在校打工，從開學就開始貯備假日的乾糧。我們帶食物出來，校方的態度是睜一眼閉一眼，媽媽來的時候說這種習慣不好，我才沒有帶了。

　　宿舍有三人一間，也有兩人一間的，一層樓有男生房間也有女生房間，房間有冰箱和微波爐。我分到三人

176

一間，室友凱蒂是金髮美女，愛麗
絲是嬌小的韓裔俏佳人。愛麗絲常
不在，媽媽來時還把床位讓給媽媽
睡。凱蒂很東方，喜歡穿中國式衣
服，會編中國結，書包還是一個和
尚袋。宿舍到圖書館有一段距離，
晚上不敢一個人走，可以叫護花使
者護送回宿舍。護花使者都是品學
兼優的高年級帥哥，所以媽媽規定
我一星期至少兩天留在圖書館看
書，給自己製造機會。

　　我大一上的成績全是 A$^+$，每次

Berkeley Team 的成員。我
們是 Berkeley 的招牌──多
元化的團隊。

考試都準備得半死，結果題目卻出奇地簡單。第二學期出現了 A⁻，而且題目一次比一次難。聽學長說這是教授們的計謀，能來這裡念書的人每一個都很優秀，既然聰明才智都差不多，就比耐力，將來會有更多的挑戰等著我們。所以暑假我也不敢大意，已經擬好了讀書和打工計畫，否則回到學校成績每況愈下就慘了。

球季的時候全校沒人敢穿紅衣服，我們學校的顏色是藍色和黃色，世仇史丹佛是紅色。有個不知情的女孩穿了紅衣服到校園裡，衣服竟然被撕爛了。我買了一件 T 恤，印著一個戴柏克萊帽子的小男孩在史丹佛小孩身上撒尿，被媽媽拿去穿。以前她最喜歡的一件 T 恤是朱德庸的漫畫，背面畫一個北一女的女孩，寫著「北一女有什麼了不起」，正面有一個小框框則寫著「其實她真的很了不起」，自從有了柏克萊這件，北一女 T 恤就被她打入冷宮了。

178

我老媽很好玩，我上學時她一個人去逛街，到巷子裡逛異議分子的書店。還告訴我她大學時，常到台大附近找一個推板車的人買禁書，也和朋友坐在台大椰林道的大王椰下談理想、論斷時事。她說她才是真正念過大

學、享受過大學生活的人。還有一次她跑進一家菸草店，碰到幾個人在抽大麻，她慎重其事地帶我到店門口，警告我絕對不可以走進這間店。我說她看不懂英文，店門口明明有貼販賣大麻的許可證，還要闖進去。她自己大搖大擺地走在街上抽菸，跟我說她年近半百，第一次抽菸沒有罪惡感，想不到女人可以在馬路上抽菸，不怕被罵沒樣子。

　　媽媽常說女孩子最要好的朋友往往是男同志。我也有個男同志好友 PK，他媽媽是菲律賓人，爸爸是非裔美人，在越戰中陣亡了，他是由奶奶帶大的。因為他是少數族裔中最優秀的極少數，獎學金多得用不完。他是個很有品味的人，會自己調配香水，連保養品的香味都要一致。學校附近沐浴用品店打折，他還帶我去買香水和同樣味道的洗髮精、乳液、沐浴乳……，他會先把香水擦在我手腕上，過幾分鐘後再聞聞和我體味合不合。

179

　　同學中有很多人是柏克萊世家。愛琳是他們家第二十一個念柏克萊的，她是個很特別的女孩，在史丹佛醫院出生，因為疏失造成她終身坐輪椅，所以史丹佛要養她一輩子，別人大學念四年，想快快修完學分早點畢

業，她要慢慢修，計畫大學念七年，每年暑假還去世界各國暑修遊學。她和 PK 一樣是自己就很富有的學生。

學生會的主席比爾，他從祖父母到爸爸媽媽都是柏克萊校友，他來柏克萊念書，第一天心裡很害怕，打電話給他爸爸，他爸爸要他把自己想得很大，把學校想得很小，就不怕了。當時覺得這話好空洞，而今一年下來感覺就是如此。或許無華、荳荳將來也會來這裡念書，我們也能成為柏克萊世家。

柏克萊的學生最老的五十多歲，最年輕的十五歲，媽媽叫我把那個十五歲的小孩找到，介紹給無華做男朋友，但我還沒找到他。

180

181

柏克萊團隊好姊妹

　　我大學四年的學費、生活費,大部分是由學校和政府資助的。政府幫助我們這些清寒子弟的方法很多,通常是組合成一個理財套餐的形式,有國家獎助學金,州政府獎助學金,和貸款及工讀。如果我節省一點,不必用到獎學金,政府還會幫我把獎學金作其他的投資理財,將來念研究所時可以用。貸款不用利息,將來工作再還,每月只要還五十到一百五十元。我不喜歡欠錢,所以在貸款和工讀之間,我選擇了工讀。

　　寄出去幾份履歷,做了幾次面試,我得到了 EAOP (Early Academic Our reach Program) 的工作。這工作是教學校附近的中學生如何選課,將來好進大學。因為當地許多孩子的父母都沒上過大學,不懂得選擇,也不知道入學要考哪些試。我是祕書,負責打電話聯絡家長和學生,規畫研究講習會的內容及講義。我的主管是一個

很活潑的黑人亞蒂，她邀我參加柏克萊團隊，認識了許多學長。他們都受過暑期訓練，從設計談話內容、做講義到安排時間及面談，都能獨立作業，使我這個秘書工作輕鬆很多；反而常在會議中分享他們各個學生的進展和反應，或各校的笑聞和趣事。

柏克萊團隊像一個快樂的大家庭，亞蒂雖然是我的主管，可是她比較像姊姊，又像媽媽。當初我喜歡馬丁，很多人給我意見，因為眾家姊妹說法不一，我跟媽媽討論過，媽媽授權亞蒂做我的愛情顧問，她鞭長莫及時，亞蒂可以救急。我和馬丁吹了，亞蒂把我帶到會議室單獨聊聊，她先讓我把事情的經過說清楚，我一邊說她還一邊做筆記，也問了一些細節，然後再一項一項地分析給我聽。我當時好感動，她竟然這麼慎重地對待我一個不痛不癢的小失意，亞蒂的一席話，不但讓我心情平復了，也學到許多她的人生經驗。

183

大一下學期開學時，媽媽來學校陪我住了一個禮拜。她走後我心情非常低落，任何人事物都無法填補我心靈上的空缺，這種孤單和想念是以前從沒有過的。亞蒂立刻察覺到我的失落感，她教我如何再站起來，把對

媽媽對家人的思念提升轉移到學業、工作上，她還講她
自己的例子給我聽。

亞蒂來自單親家庭，是家中的老大。她大學時打兩
個工，白天通勤要花兩小時。她每天清晨四、五點就起
來晨跑半小時，運動完，回家梳洗後開車到學校。經常
她都是第一個到教室的學生，可以一個人安安靜靜地預
習功課。大學畢業時，一同畢業的學生有三千多人，來
觀禮的家長更是人山人海。她在拋掉學士帽之後，衝入
人群中找媽媽，她母親看到她，母女倆噙著淚水、微笑
著緊緊擁抱。那一刻，她的一切辛苦努力都值得了。她
教我常常作夢，想想暑假時回台灣和媽媽相聚，一起逛
街、吃路邊攤。做功課累了就想想畢業時，家人會多驕
傲。人生有許多困境，夢想及希望是我持續奮鬥的動
力。

184

現在的亞蒂不但有全職的工作，還在讀研究所，今
年五月她將拿到碩士學位。周圍的朋友都已成家立業，
二十八歲的她也想結婚，但她的男朋友還在寫工程師碩
士論文，目前待業中，現在美國經濟不好，婚期好像很
遙遠，她覺得很迷惘。我打電話給老媽，老媽只說一句

「先成家後立業」。我把中國人這個傳統的觀念說給亞蒂
聽，她說服了男友，今年雙雙拿到碩士學位後就結婚。
媽媽說：「很好啊，雙喜臨門。」

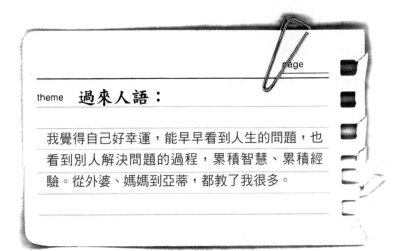

theme　**過來人語：**

我覺得自己好幸運，能早早看到人生的問題，也
看到別人解決問題的過程，累積智慧、累積經
驗。從外婆、媽媽到亞蒂，都教了我很多。

良師益友

在美高中兩年半，有四位老師在學業及生活上引導我、幫助我，真的是我良師益友。化學老師巧比克小姐，特別為我開了大學化學先修課；碧果博士在我修了她的英文一學期後力薦我上英文榮譽班或跳級；生物老師赫思特小姐激發了我對基因的熱愛；微積分老師安布魯斯博士使我深深感到春風化雨的溫馨。他們四位陪我走過許多求學及青少年成長的關鍵時刻。

安布魯斯博士經常注意我的情緒和心情，我只要有一點沮喪的表情，他就會很關心、很紳士、很小心地問我怎麼了？是否有心事？是不是想媽媽？讓我覺得雖然爸媽都不在身邊，仍然有很多人愛我。心煩時我可以利用午餐休息時間和碧果博士聊一聊；情緒低落想哭時，我會在放學後到巧比克小姐的辦公室向她倒垃圾；赫思特小姐會逗我開心、跟我說笑話。他們真的讓我覺得，自己何德何能受到他們這樣的照顧寵愛。

186

我喜歡和碧果博士分
享她寫的劇本，和他們一
起排演，體會排演的辛酸
和演出時的刺激。巧比克
小姐和我談論她成長的過
程，幫我更了解無華，因
為她也是個早熟的天才兒
童。安布魯斯博士會到老
年人之家，為我們這些義
工打氣。後來他們幾位老
師都有替我寫推薦信，幫
我申請學校和獎助學金。

巧比克小姐在得知我
畢業舞會沒有男伴時，還
自願幫我挑選舞伴，當她
提出她化學課裡的學生人
選時，我幾乎傻了眼。她
看到我驚訝的表情，拍拍
我說：「我不止是妳的老

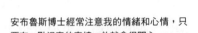
安布魯斯博士經常注意我的情緒和心情，只
要有一點沮喪的表情，他就會很關心。

187

師，我也是妳的朋友。」我當時覺得簡直不可思議，我一向對她敬畏有加，大家都知道她是對學生嚴格到不合理的老師，竟然還有這麼溫馨、輕鬆的一面。

大一寒假回洛杉磯，我特別去看他們。赫思特小姐一看到我，飛奔過來給我一個緊緊的擁抱；安布魯斯博士聽到我叫他，笑得眼睛瞇成一條線；碧果博士和我見一面不夠，回柏克萊之前我們還一起吃午飯，整整聊了一個下午；巧比克小姐和我到來西公園散步，聽我的初戀和其他的豔遇，不但分析感情世界的種種，也教我兩性相處之道。我想將來教書，巧比克小姐把她的薪資支票給我看，教我如何爭取較高的工資；我心情不好，碧果博士給我看她的日記，例舉她以前和我相同處境時是如何走過來的；我覺得自己要念書又要負擔部分家計，有時會覺得好累，赫思特小姐念大學時也是半工半讀，她鼓勵我好好把握這難得的經驗，將來在工作和學業間轉換時會比一般社會新鮮人容易上手……。所有的老師都這麼大方，我問什麼，都有答案，一點也不吝於分享他們的私人生活。

他們在畢業紀念冊上留的話，可以成為我終生的座

右銘。所以我翻譯出來和大家分享。

生物老師　赫思特小姐

　　我真誠地喜歡所有的學生，但是有時也會難得地碰上一個真正特別的學生，此時，真正的老師立刻會感覺到那個學生將有大成就，不光是因為聰明，而且是因為智慧及仁慈善良。

　　有妳在班上，我覺得很幸運，請繼續告知我妳的一切進展，無論畢業前或畢業之後。

化學老師　巧比克小姐

　　我很感謝上學期最後九天，我能鼓動足夠多的學生來修第二年的化學，這是妳希望的。

　　這一年能觀察妳在做人和求學上的成長，真是一件樂事。感謝妳在課程上付出的這許多時間和努力、敏銳地學習困難的觀念，更重要的是付出時間讓山森及希帝分享妳的理解，我深信因為妳的努力，他們學業也更成功。謝謝妳在課後留下來跟我聊天（還有幫我改考卷），那些談話中，我才知道妳真的是好特別。謝謝妳在這一年中感動我的心，也豐富了我的生活，妳真是一個了不起的人。

微積分老師　安布魯斯博士

親愛的劉無雙小姐：

　　謝謝妳在微積分 BC 班上，做了這麼多正面積極的影響，但更重要的是妳在學校整體方面也是如此。

　　妳示範了真正的服務、無私、利人，和真正的愛，當我失望沮喪時，我想到妳和妳的老人之家服務團隊，我就振奮起來了。

　　謝謝妳畢業旅行到優勝美地時走到巴士前排座位來，使我能瞭解妳更多，妳的家庭、妳在台灣的生活，還有妳的理想。

　　妳在生化方面有巨大的潛力，柏克萊錄取了妳真是幸運。

英文老師　碧果博士

190

　　劉無雙是個了不起的女孩，是我去年秋天任教聖瑪利諾高中以來遇到的最了不起的女孩之一。我認識她的時間不長，她是在第二學期之初到我班上，但幾乎立刻地，她的傑出氣質就吸引了我的注意。

　　無雙不僅觀察細膩、敏感體貼，而且非常成熟有智慧，她享受挑戰，當事情不順利時，從不氣餒，只是一直努力，全力改善。而且無雙有寫作的才華，她第一次

給我深刻的印象，就是她的作品。寫「羅蜜歐與茱麗葉」時，她經常來問我問題，想要把她的思想寫得盡可能地精簡完美，我對她問題的深度、異常流暢的文筆和廣博的字彙感到很驚訝。她來美國時間不長，只一年而已，她的英文常能超越一些本地青年，而分析的筆調及明辨的思路也令我詫異。

　　我對她深刻美好的第一印象並未因時間而淡化，無雙持續以洞悉力和堅持性使我驚奇。當她讀完荷馬的史詩寫個人心路時，她和我長談如何講她的故事，因為切身感受太深，以致不知從何下筆，她知道自己經歷頗多，但又無法清晰看到自己的成長，而且又想把那麼多過去的事全都講出來，所以她困惑了，但她的奮戰是勇猛的，而且持續至今。

　　無雙每天都是班上的愉悅泉源，她總是集中注意，體諒大家，凡事有所準備，而且熱心參與，她對生命的好奇與熱情，非常可愛，我希望她能一直保持下去。對語言專注傾聽，能享受字彙和思想之樂而又敏感貼心的學生不多，我是多麼幸運能教到她、認識她，她正是老師們夢寐以求的學生。

POINT 6

從麻將桌到柏克萊

作　　者	王莉民　劉無雙
總 編 輯	初安民
責任編輯	陳思妤
內頁設計	張盛權
校　　對	馬文穎　陳思妤　王莉民

發 行 人	張書銘
出　　版	INK 印刻出版有限公司
	台北縣中和市中正路 800 號 13 樓之 3
	電話：02-22281626
	傳真：02-22281598
	e-mail ：ink.book@msa.hinet.net
法律顧問	漢全國際法律事務所
	林春金律師

總 經 銷	成陽出版股份有限公司
	訂購電話：03-3589000
	訂購傳真：03-3581688
	http：//www.sudu.cc
郵政劃撥	19000691 成陽出版股份有限公司
印　　刷	海王印刷事業股份有限公司

出版日期　2003 年 11 月　初版
ISBN 986-7810-58-9

定價　200 元

Copyright © 2003 by Wang Li-min and Liu Wu-shuan
Published by INK Publishing Co., Ltd.
All Rights Reserved
Printed in Taiwan

國家圖書館出版品預行編目資料

從麻將桌到柏克萊／王莉民著.--
　　初版.--臺北縣中和市：
INK 印刻，2003〔民 92〕面；　公分

ISBN　986-7810-58-9（平裝）
1.移民 - 美國 - 通俗作品
577.7252　　　　　　　92011620